汤成难

|著|

飘浮于万有引力中的房屋

FLOATING
HOUSE

天津出版传媒集团

百花文艺出版社

图书在版编目（CIP）数据

飘浮于万有引力中的房屋／汤成难著. -- 天津：
百花文艺出版社, 2023.1(2023.4 重印)
ISBN 978-7-5306-8411-5

Ⅰ.①飘… Ⅱ.①汤… Ⅲ.①短篇小说-小说集-中
国-当代 Ⅳ.①I247.7

中国版本图书馆 CIP 数据核字(2022)第 218405 号

飘浮于万有引力中的房屋

PIAOFU YU WANYOUYINLI ZHONG DE FANGWU

汤成难　著

出　版　人：薛印胜
选题策划：汪惠仁　韩新枝
责任编辑：张　烁　美术编辑：郭亚红
出版发行：百花文艺出版社
地址：天津市和平区西康路 35 号　邮编：300051
电话传真：+86-22-23332651（发行部）
　　　　　+86-22-23332656（总编室）
　　　　　+86-22-23332478（邮购部）
网址：http://www.baihuawenyi.com
印刷：天津新华印务有限公司
开本：880 毫米×1230 毫米　　1/32
字数：160 千字
印张：8.5
版次：2023 年 1 月第 1 版
印次：2023 年 4 月第 2 次印刷
定价：56.00元

如有印装质量问题,请与天津新华印务有限公司联系调换
地址:天津东丽开发区五经路 23 号
电话:(022)58160306
邮编:300300

目 录

巴塘的礼物

一

出了海子山，路平坦多了，山与山之间不再像是用刀劈开的，而用的是斧头，钝斧头，劈得不彻底，增加了一些沟壑，山体仍然相互粘连。眼前的山丘，则是用小利刃削出来的，有平缓的坡度，削完后又往两边推了推，于是当中便有了七八里谷地。

一辆货车正行驶在这段宽阔的谷地上，车身很长，用绿色篷布遮得严严实实，从隆起的形状看，并不能猜出所装货物。车头是红色，由于常年风吹日晒、风沙侵袭，早已斑驳不堪，尽管如此，在颜色单调的沙地上，货车仍显得格外醒目。天上的云跑得飞快，货车也在快跑，虽在上坡，但速度未减，车后腾起云一般的滚滚沙尘。

驾驶室里只有司机一人，他皮肤黝黑，薄嘴唇，高颧骨，一件不太看得出颜色的夹克裹着上身，胸口处微微敞开，以应付正午不断上升的热量。长时间的驾驶，困倦不堪，他将窗玻璃摇下，风立即灌入。他又从仪表盘上掏出一支烟，捋直，夹在扶着方向盘的左手上，另一只手去摸打火机，在烟、脑袋、打火机三者慢慢聚拢之时，突然瞥见前方有人在招手。

无疑，是那些徒步进藏的人想搭车。

他把烟点上，狠吸一口，同时右脚用力，车未减速，从那人身旁呼啸而过。

他不愿搭载。在这条川藏线上来来回回跑了不下百次，只搭过几个人。搭乘者大多是一些大学生，或刚参加工作的年轻人，口袋里没几个钱，但又想看世界。

搭车是不要钱的，从一个地方到另一个地方。年轻人上车后不免要叽叽喳喳，蓝天、白云、司空见惯的牦牛、漫无边际的荒沙，都能引发他们阵阵感慨。他嫌吵，所以从不搭腔，眉毛拧着，一言不发地看前路。

他已不习惯与人说话，舌头由于长期没有音节的敲击而变得笨拙迟钝。搭车人总这样问，你在这条路上开了多少年了？三年，四年，五年……十九年，这个数字一年年增加，他没说出口，只在心里回答。搭车的人很久听不到回复，便知趣地看窗外。很快就要下车，他们只不过陪他经过一个垭口或一个山头。货车是他们退而次之的选择，搭车人更喜欢越野车或轿车，因为速度快，不久便能到达拉萨。

下一站是巴塘，这是川藏交界的县城，过了巴塘，便进入西藏。他在加油站加油、洗脸、买烟，继续上路。傍晚的太阳仍然辣辣的，照得道路一阵发白，两侧没什么植被，只有稀疏的紫红色荆棘，荆棘后面竟有些毛色灰黑的山羊。几座低矮的平房，由石头垒成，散发出颓败气息。突然，货车一个急刹，车头猛地往前一蹿。他摇下窗，伸出脖子，冲外面大吼一声。

拦车的是个老太，跑到路中央来了，显然没有太多经验。老太也被吓到了，哆嗦着举起手上的东西向他示意。

大概是推销土特产的。真是个笨蛋，他想，笨蛋才会推销给货车司机，跑惯了川藏线的司机不稀罕土特产，只有那些旅行的人才会停车买新鲜。

他在心里骂了声，挥手叫她赶紧到一边去。对方没有让开的意思，仍然将手上的东西举得高高的。

她编了两条细长辫子，在脑后会成一根，脸呈绛紫色，竹节一样粗糙的手抱着一件绿色毛衣。她要他帮忙将毛衣捎给她在拉萨的儿子——这是他从她含混杂乱的发音里捕捉到的。拉萨、茶馆、吉尔（也有可能叫加尔），除此，什么也没听懂，也不想听懂，因为他不愿帮忙。

她并没让开，执拗地挡着车头。说着彼此听不懂的话，他叫嚷一阵后，不得不下车，气急败坏地把她推到路边。她误以为他下车是应允的意思，连忙将毛衣塞过去。

他气愤地扔回给她。她再塞时，看见他瞪得滚圆的眼睛，便迟疑了。

她对他说了很长一段话，眼神里是一种言之凿凿和诚恳。有一瞬间他内心应该是略有波澜的，因为他发现毛衣正在自己手上，一惊，又连忙像烫手的山芋一样还给对方，再不去理会，兀自绕着货车检查轮胎，担心刚刚的急刹会影响车况。

待他转到车门处，老太已知趣走开，编成一条的长辫在脑后像钟摆左右晃动。他朝沙地上撒了泡尿，跳上车，继续赶路。

货车在延绵的山间飞奔，后视镜里很快便看不见老太的身影。太阳已隐入山中，光线柔软无力，远山的轮廓逐渐模糊。他伸手去摸打火机和烟，突然碰到什么，手立即缩回，整个人差点儿弹跳起来。昏暗的光线下，那件绿色毛衣正躺在座椅上。

二

他在生气。

说不清生谁的气，生老太的气？生自己的气？还是生毛衣的气？生气为什么拦他的车；生气她偷偷把毛衣扔进来；生气她为什么这么信任他；生气他根本听不懂她的话；生气自己为什么迟疑片刻；生气上车时为什么没及时发现；生气毛衣此刻坦坦荡荡地在他的车上——他将毛衣扔到后座椅上，点上一支烟。

到达芒康，他将车停在加油站附近，用抹布擦洗挡风玻璃。一个学生模样的背包客想搭车，他上前吼了一声，滚，滚开！正往驾驶室攀爬的学生吓坏了，背着包撒腿就跑。他也被自己的声音惊着了，愣了片刻，将脏水泼到轮胎上，用力拧干抹布。

夜里是在车上度过的。车上有床、有被子，车停在一个安全又开阔的地方，远处有灯火，照映得驾驶室里带一点微光。风大，风挟着沙子打得玻璃唰唰作响，车顶的篷布也吧嗒吧嗒跳跃。不知道风来自哪里，又去向哪里，现在，整个世界都交给了风，它在狂奔、在撒欢，它成了黑暗的主人。

他睡不着，竖着耳朵听远处金沙江的奔涌声，好像风在催促，快跑快跑。他的脚随着轰轰水流在抖动。有一次不小心碰到那件毛衣，于是将它钩在脚趾上，抬起腿。在微弱的光线下，毛衣一副事不关己的模样。他用力一撩，将它踢到角落里。

天不亮就起来，新的一天以灰蒙蒙的状态迎接进藏的人们。今天的行驶任务很重，从芒康到八宿，盘山路，且路况极差。

行至半山腰，堵车了，蜿蜒的山路，车一辆接一辆，像一条长龙。前方在修路，这种情况很常见，有人前去打听通车时间，有人下车聚在一起聊天，还有一些站在路边拍照。他熄了火，坐在驾驶室里抽烟，摇下窗户，将烟灰弹出，风突然涌进来，把烟灰吹散了，脖子里顿时一股凉意。

后面的车越积越多，看样子一时半会儿不会通行。路左侧是山石，右侧是湍急的江水，水中卧有石块，水流冲上去，溅出白色水花。他看了一阵，烟已被风吹灭了，就又点上一支。地上积了四五个烟头时，他也坐不住了，但又不想下车，已习惯独坐在驾驶室里。于是打开两个抽屉，翻翻看看，又把座椅抬起来，看看能不能找到什么好玩的东西，最后在中央扶手位置发现半张地图。地图折叠的地方快要断开了，他小心翼翼放平，在那些烂熟于心的彩色曲线上看了会儿，就再也找不到事可做了。

这时，他又看见那件毛衣，正畏缩地蜷在椅缝里。他斜过身子将其拽出来，摊在腿上。毛衣是绿色的，用旧毛线织成，大概又添了年份，颜色有些灰暗，倒像是秋天的牧场，草色有颓败的萎黄。毛衣很小，极短，针法也不好，坑坑洼洼，一处居然有个蚕豆大的洞，可能是织漏了。胸口处织了一朵花——这只是他猜测，也许是水果图案或别的什么，总之，他在揣测那个形如疙瘩的东西上打发了不少时间。

他把毛衣撑开，打算套在脖子上，这时从毛衣里掉下一张纸片，巴掌大小，上面写了一行歪歪扭扭的字。他凑到窗口看，是地址和人名，字太丑了，像小学生写的。可能是老太写的，也有可能是那个在拉萨的儿子写的。他把纸条揉成一团，刚要扔出去，觉得不好玩，便摸出打火机，将纸条点燃，又用燃着的纸条点上香烟。这么做，的确打发掉不少时间，他一边吸烟，一边看着火苗将那些字一一吞没。

抽完烟,他再将毛衣套在脖子上,费了好大劲儿,才伸出一只胳膊。低头看自己,忍不住笑了。

他刚想脱下,后面喇叭在催,前方通行了。毛衣太紧,他没法边开车边脱,所以不得不尴尬、滑稽、厌恶甚至气愤地穿着毛衣驾驶。

三

到邦达镇时间尚早,天还很明亮,不着急赶往下一站,通常他会在这里饱餐一顿,歇一歇,以养足精神应付次日行程的"通麦天险"。他将车停好,加足油和水,在小面馆吃碗藏面。

傍晚的面馆人不多,泛着油光的矮桌上放着几只不锈钢罐子,里面盛着辣油、醋之类的调料。凳子也油腻腻的,像包了浆,人若从凳子上站起来,准能感到屁股被撕拽的力量。

照例要一大碗面,加两勺辣油,辣油在碗里花一样漾开。送趟货来回需二十多天,吃上热饭的时候不多,所以他格外珍惜这碗面。

从小面馆出来,天黑了,他快步绕过门口的杂物堆,迅速向货车跑去,没走几步,身后有人喊,哎——哎——一个脸上长着雀斑的女人急急追过来,将绿色毛衣塞到他手上,如释重负地说,你的毛衣,差点儿就落这儿了。

他迟疑着,动作有点僵硬,说,不要了,不是毛衣,是……

是抹布……

抹布？女人瞪大眼睛说，抹布也不能落下，车上要用呢。

他有些生气，甚至气馁，好像自己的小伎俩被识破。的确是他故意落下的，落在这儿总比自己扔到路上好吧。

上车后，毛衣就正式和抹布为伍了。在后来的行驶中，他常拿它抹挡风玻璃上的水珠，擦仪表盘上的灰尘。这时，这件绿色毛衣等同于一块抹布，甚至在使用性能上还不及。

次日天未亮就出发，他要翻越安久拉山，过垭口后，就是著名的"九十九道拐"了。山路弯曲盘旋，呈"之"字形，上下坡很长，下坡有势如破竹的快感。当然，那是指轿车或越野车，它们从他身边呼啸而去，奔向前方。货车只能缓缓前行，尤其装满货物时。此刻，整个山间不见一辆车，也不见飞鸟或人，目之所及，是土黄色和灰色的世界，寸草不生。耳边只剩发动机的轰鸣声，声音将山谷衬托得愈发空旷辽远。他的目光常常下意识地去寻找行驶在这条路上的车辆，有时看见很远处有一个移动的小黑点，便会感到些许欣慰。

过了怒江大桥，路况更糟了，大概前一夜下过雨，路上有从山顶滚落下来的石头，气温变低，窗户不断起雾。在经过一个弯道时，突然山上飞来几个小石块，砸在篷布上。准是砸破了，篷布被风吹得吧嗒吧嗒，响得更脆了。

路面坑洼，他要不断避开突然滚落的石头。身上已出汗，他敞开外套，抓起抹布胡乱地擦着。毛茸茸的东西一碰到皮肤，立即便惊觉起来，顺手扔到仪表台面板上。

货车突然猛地一颠,车轮被什么硌了一下。他不想下车,直觉认为应该不会有事,他不想耽搁时间,这里随时都可能有泥石流发生,必须尽快驶到安全地界。

天空愈发灰蒙,看似还会有雨。路越来越窄,山石对峙,泥浆和石头混流,车轮不时打滑。突然,车熄火刹住了。他大骂一句,开始诅咒这见鬼的路。

他打开门,跳下车,冷风迅速钻进脖子,沙砾不停抽在脸上,睁不开眼,嘴里都是沙子。掀开引擎盖,多年的经验告诉他,一定是化油器被沙子堵住了。他顶着风,弓着背,从工具箱里取出扳手和起子,拆下空气滤清器。这时候他需要干净抹布,他不假思索地拿起那件毛衣,用它摁住化油器进气口,增加吸力来疏通油道和进气道。来回几次,很快,气道就通了。他用毛衣擦了擦手,继续扔在仪表盘盖板上,绿色毛衣快变成黑色了,瑟缩一团。他想,它也算是派上用场了。

四

他几乎和暴雨同时到达通麦天险。雨点铜钱大小,被风刮歪,噼噼啪啪敲击着车顶。如此大雨很少见,尤其在这个季节。若停止前行,暴雨过后路必定会被泥石流冲断,到达拉萨就不知是何时了;若继续前行,前程未卜。

他大骂起来,踩上离合器,换挡。他决定在暴雨倾盆前驶出天险。

道路临江而建，没有护栏，宽度仅容纳一辆货车单向行驶。坡陡弯急，遍地泥泞，据说每年都有不少车辆翻入帕隆藏布江，因此，这段路也被称作"通麦坟场"。

雨雾从谷底升起，寒气逼人。路上积了水，松动的山体似乎有下滑趋势。他轻踩油门，尽可能平稳匀速通过，这时的每一丝震动都会引起泥石流或沙石崩裂。据说有一次，有司机摁了喇叭，由于缺少经验，忘记货车是气喇叭，松动的冻土瞬间倾覆下来，将车身压断。

天色暗了，暮色使人窒息，他计算着剩余的路程。九公里，八公里，七公里……这段路他烂熟于心，但路并未因熟悉而对他格外友好。在一个九十度转角处，他从后视镜里看见一大团黑黑的东西倾覆下来。妈的。他骂了一句，立即，车身猛烈一晃，又一晃，他感到身体被什么推到车门上，随之，货车车身一阵顿挫，卡住了。他迅速跳下去，扣上帽子。轮胎被石沙阻碍了前行。看山体，预测一时半会儿不会发生泥石流，此刻唯有清理障碍，他用扳手代替铁锹使劲刨着。不断有细沙缓缓流下，他在和沙子争时间。再后来，扳手也顾不上用了，以手代劳。大石块被慢慢撬开，挪到一边，手上蹭出血来。他浑身湿透，偶尔一两个小石子由山顶滚落下来，击中后背或头顶，隔着厚厚的布，仍感到钻心疼痛。他觉得自己没有力气了，两只胳膊酸痛无比。妈的！他咬着牙齿骂道。不记得上次这样耗尽力气是什么时候，似乎只有通过叫骂才能激出一点余力。

清理完毕，以最快的速度上车、发动、挂挡，逃离似的驶出弯道。

车窗被沙子卡住，不能闭合，留出两指宽缝隙。篷布被砸出一些小洞，再被风撕破，正发出哨子般的怪叫。他擦了擦汗，仍是用那件毛衣。他把整个脸都埋在毛衣里，长长吸一口气，一股熟悉的机油腥味从鼻孔蔓延到胸腔。

他死里逃生了，这是他开车多年来最惊险的一次，仿佛自己十九年的行运经验就是为了对付刚刚那一瞬。对于别的驾驶员来说，这将成为日后向人吹牛的素材，他常常看到那些司机聚在一起，烟抽得云山雾罩，开场白无外乎，咱开大卡跑××线时——说话的人将右手握成拳头，大拇指煞有介事地跷着，从右肩向脑后甩出一道弧线，仿佛那条路正被他抛到身后。听的人啧啧称赞，眼里拢起一层雾，连忙上前恭敬递烟。而他不爱说话，很羡慕那些夸夸其谈的人，有时又无比厌恶。他觉得自己的说话功能退化得厉害，送一趟货要二十多天，他的大多数时间是对着比他更加沉默的群山，对着石头，对着仿佛没有尽头的路。他想，他的声音是不是被大山收走了？

心情逐渐平复，他开始感到冷，车内的暖气尽管正卖力地吹着，但还是冷，鞋里有水，衣服黏在身上。他用抹布擦了擦雨水，盖在膝盖上，又将另一块——已变成抹布的毛衣——披在胸前。毛衣柔软地紧贴着他，身体立即感到丝丝缕缕的温度。

然乌湖就在右侧，树影婆娑，如果是白天就能看见那片翡翠一样的湖面。从前经过它，多是傍晚，他会减速，或者干脆停车，坐在驾驶室里对着静默的湖水抽一支烟。但现在，他只想赶快离开，赶赴下一站。

　　风从窗缝里灌进来，不断卷走热量。他使劲摇了摇把手，玻璃纹丝不动，于是急中生智，将毛衣塞在缝里，顿时暖和多了。他很得意，仿佛没有自己对付不了的问题。

　　向前延展的路如同玉带。因为远处雪山的映衬，树呈白色，像覆了一层薄雪。星星很亮，密密匝匝挤在一起。他常常坐在驾驶室里看星星，心想，这里的星星怎么这么多，真像脑袋挨在一起闲聊的司机们。

　　他突然想起一个曾搭乘过的男孩。从巴塘一直搭乘到拉萨，男孩和他一样沉默，总是一言不发看着窗外。有好几次，男孩突然挪动身体，他以为他要下车了，心里顿时有点失落，却故意装作不在意的样子，目不转睛地看着前方。但男孩没有下车，只是伸长胳膊用手小心翼翼擦玻璃上的水汽。夜里，男孩在货车上借宿，睡在两张座椅上，瘦小的身体蜷着，翻身时轻轻地挪，尽量不发出一点响动。他觉得男孩一定没睡着，但彼此都没说话，狭小的驾驶室里只有他们轻微的呼吸声。后半夜下雨了，温度越来越低，他故意将被子拖挂到座椅上，让被角盖在男孩身上。这一夜对他来说感觉很奇妙——是的，奇妙，他想不出更准确的词来形容。他想起小时候走夜路的场景，常常是天黑后翻过大堤去陪在渡口的爷爷。去大堤的路,两侧种着胡桑,矮矮的,像鬼祟。他很害怕,吓得快要屁滚尿流时,便听到大堤上爷爷哦哦哦地唤他名字。爷爷是个哑巴,这是他唯一能发出的音节。之后的整个夜晚,都是极其安静的,他也尽量不发出更多响动。现在,他想起那间棚屋,想起爷爷,还有搭乘过的男孩,想起那些格外安静的夜晚。

男孩陪他经过通麦天险,经过米堆冰川,经过然乌湖,一直到拉萨才背着包离开。他不知道男孩的名字,又是哪里人,他没问,只是坐在高高的驾驶室里看着男孩朝自己挥了挥手。

他不知道为什么这时候会想起那个男孩,记忆突然变得十分清晰,像刚刚发生一样,像男孩就在他身边一样。而此刻,这条路上只有他。如果从高处俯瞰,货车像一盏小小的星粒,正慢慢向前移动。

他已经不那么冷了,驾驶室里逐渐温暖,窗缝里的毛衣起到了很大作用。他时不时将毛衣塞牢固,有一阵他觉得整个驾驶室都被软绵绵的毛衣包裹着。

他用力踩油门。风在窗外呼啸,篷布、绳索,以及卡在缝里的毛衣,都发出奇怪的叫声。

突然,啪——毛衣飞出去了,落向黑暗。

踩油门的脚一松,心里动了一下,像小石块激着水面。他愣了好一会儿,但没有停车,他急需赶路。可是,心里突然有点空,仿佛他这趟拉的仅仅就是这件毛衣。

五

到达拉萨是在两天后。

后来的路况都很好，植被也越来越多。他将车驶进物资公司大院，除了篷布千疮百孔外，货物毫无破损。对于一个货车司机来说，没有比这更令人欣慰的了。

卸了货，他将车送到修理厂，自己走路去拉萨城区。经过这场死里逃生，现在他只想好好大吃一顿，大睡一觉。他想起灯箱里关于美食的广告，还有广播里的宣传——黄菌菇炖鸡、石锅鱼、手撕牦牛肉……那些平时舍不得吃的食物全部在眼前晃悠。他扣紧衣服，加快步伐，穿过一条巷子，又经过两个十字路口，他知道，八廓街拐角处有一家物美价廉的饭店。

他突然看见了茶馆，方形的招牌支在墙上，招牌上画有碗，碗上是袅袅热气。他没多想，掀帘进去了。茶馆稍显昏暗拥挤，他在角落坐下，要了一壶酥油茶。一个矮胖的女孩提着一只同样矮胖的茶壶走来，女孩将茶壶和一只玻璃杯放在桌上，刚要离去，他突然喊住她。

他被自己的声音吓了一跳。女孩看着他，可他还没想好要说什么，便支支吾吾问道，你们这儿……有没有一个叫吉尔的男孩？

女孩摇了摇脑袋，斩钉截铁地说，没有。

他点了点头,将茶全部喝完,没有浪费,又将茶费压在碗底,走出茶馆。

前面就是八廓街了,人流和琳琅满目的商品一样拥挤,如果不是为了饱餐一顿,他是不会到这里来的。他边走边看,感觉十分陌生,跑了十几年,却是第三次来城区。离饭店还有一段距离,过了前面的丁字路口就该到了。路两侧有两三家茶馆,牌匾很小,不注意看真发现不了。门帘不动声色地遮着,他一抬手,身子就进去了。喝一碗茶后,再向跑堂的打听——奇怪,他也说不清自己为什么要打听。其实,他并不想去找那个叫吉尔的人,再说,找他做什么呢?

出了茶馆继续向前,人越来越多,每个人都像被一股无形的力量牵引着。他开始打量与他相向而行的人,老头、中年妇女、女孩、男孩——他的目光逐渐落在大点儿的男孩身上。他和他们对视,对方的目光飘忽或镇定、期待或淡漠,他觉得每个向他走来的人都像吉尔。

他突然对吉尔其人充满好奇。多大了? 有多高? 长什么样?

他又走进一家茶馆,门帘脏兮兮的,用一根同样脏兮兮的布条系在门框上,太阳斜斜地照进来,柔软无力。屋里人不多,矮桌旁围坐了几个背着旅行包的游客。

他要了一碗甜茶,喝得很慢,金边的花碗见底时才站起来去吧台付账。

多少钱? 他问。

十块。吧台里一个皮肤黢黑的女人说。

他边从夹克口袋里掏钱边和女人闲聊：你们这儿，有没有一个叫吉尔的男孩？

女人扬起眉毛，没听明白，问找谁，什么男孩？

他倒愣住了，顿时有些语无伦次，啊，一个男孩——他比画着，按自己的个头比画——大男孩，应该是小伙子。对，小伙子，这儿有没有巴塘的小伙子？对，对，巴塘的，巴塘。

女人点点头，说有、有，迅速转身朝一个拎着水壶的男孩招手。后者小跑而来，脸上挂着笑。找你的。女人说完便接过他的水壶给茶客添茶去了。

他有些意外，更多是不知所措。面前的小伙子正冲他笑，牙齿雪白，眼里有亮闪闪的光。

你……你是巴塘人？他问对方。

是呢，巴塘。男孩咧开嘴笑，问，你也是巴塘人吗？

他连忙摇头，说自己不是的，只是几天前正好从巴塘经过。

哦，男孩扬起眉毛问，那你是不是司机？货车司机？

他怔住了，迟疑片刻才回答，是的，又反问，你怎么知道？

男孩得意地笑了，露出白亮牙齿。一定是呢，总是有货车司机来这儿找我呢，他们是给我捎东西的。我家人会让货车司机捎东西来，所以——他顿了顿，看见对方空荡荡的手，说，你不是给我捎东西的吗？

那些东西你都收到了吗？他答非所问。

当然收到了。男孩眼里刚刚熄灭的火焰又亮了，他们给我捎过鞋，捎过帽子，还捎过糌粑。有一次，给我捎来一只手套，一只左手的、兔毛的，真的，你肯定不信，怎么会是一只呢？我后来问家里人，就是一只，我们的牧羊犬捉住一只兔子，兔子不大，只能缝一只手套，他们等着再捉到兔子缝另一只呢……

他不忍打断他，但还是很急迫地问他叫什么名字。

我叫德吉，德——吉——男孩慢慢吐字。

他愣在那儿，眉头不自觉紧锁。对方还在说话，很显然这是一个健谈又快乐的男孩，他继续向他讲述那些曾收到的东西，以及冬天到来他将要收到的东西。当然，他还不知道会是什么，但他很期待，并相信很快就能收到。

他看见男孩眼睛里闪烁着光亮，像一小团火，在遥远的黑夜里燃烧着。他不太听得清男孩又说了些什么，只记得他那双澄明的眼睛。

从茶馆出来，他的脚步急促了些，似乎有什么着急的事要立即完成。街上到处都是藏式用品，他四处乱转，终于看见一家毛衣店。他这时似乎才意识到，自己要找的就是这个。

五颜六色的毛衣挂在衣架上，他在一件绿色毛衣前站住。这是一件草绿色的毛衣，像春天刚刚返青的草原，毛衣很厚实、很宽松，也很柔软。他想，穿上它一定很暖和的。

坐在门口板凳上的女店主问他要不要买。她正在织毛衣，白色的毛衣像浓稠的牛奶，正从她手中流淌出来。

他付了钱，从店主手中接过草绿色毛衣，却发现自己的手那么黑，都不忍去触碰。从毛衣店出来，太阳不见了，风吹着经幡，发出刮哧刮哧的声音。他又去了两家茶馆，照例喝一碗茶，然后开始搭讪。唔，没有，没有——他总是在对方无奈的摇头中走出来。

天空飘着雨丝，气温骤降，这个被称作日光城的地方开始下雨了，地面很快湿透，倒映着街景——人们撑起伞，花花绿绿的伞像花朵一样盛开。

他突然想起什么，急急往回跑。他几乎是在毛衣店打烊前到达的。女店主很惊讶，还没开口，他便问道，你会织花吗？

对方一脸茫然：啊，织……

对，织花，用毛线织花，帮我在毛衣上织一朵花，一朵就可以，一朵，我只要一朵——他急迫地说着，生怕稍作停顿，对方就会拒绝。

六

毛衣紧紧卷着，贴在他的胸膛。新添的花，被卷在最里层。

摇着转经筒的人从他身边经过，他放慢步子，好像不着急赶路。后来，他又去了两家茶馆，在热气缭绕的炉子旁坐会儿。

暮色四合，他又去了一家茶馆。出来时，天黑了，转经的人也陆续回去,一只狗坐在路边,目不转睛地看他。他继续往前走,在进进出出很多茶馆后,他已经感觉不到饿了,过多的液体在他的肚子里轻轻晃荡。

拉萨,茶馆,吉尔……他庆幸还记得纸条上的字。他把毛衣往怀里掖了掖,继续往前走。

高原骑手

1

春天过了大半的时候，祖毛乃则山的北侧坡上，厚厚的积雪与灰色山体之间裂开了一道巨大的口子，积雪像一艘即将启航的大船，慢慢向坡下滑移，发出不易察觉的低沉的断裂声。直到滑到陡峭处，大船猛地坠落，发出震天轰鸣，雪变成雾，升腾在山间。

雪崩的声音让羊群有短暂的惊惶，它们抬起正在啃草的脑袋，直愣愣地立在原地。羊并不知道刚刚发生了什么。一股强劲的气流将凛冽又清新的空气扑到嘉措的面前，让嘉措意识到，这应当是春天里的第一场雪崩，也是他最期盼的，因为雪崩之后，雪线上移，夏天就要到来了。那时候，噶玛坡上就会开满蓝色的龙胆花和舌头一样的黄色囊吾，狼毒草粉色的小花紧紧挤在一起，风一吹，晃动着，像一只只弹跳的水晶球。

噶玛坡是嘉措认领的山头，所谓认领，就是自己给那些没有名字的地方取上名字。噶玛坡在夏季牧场的西北角，从冬牧场看不到它平缓矮小的身子。哥哥多吉也认领了一座山，很巍峨，但很远，那是阿尼玛卿雪山的儿子。多吉给它取名叫加布（王的意思），那是同德县第二座高山。认领是五六年前的事了，那时嘉措才七岁，多吉也不过十一岁，这是嘉措和哥哥多吉之间的秘密，也是哥哥多吉愿意陪他玩的唯一的游戏。

哥哥多吉并不喜欢和嘉措玩，他认为嘉措胆小又懦弱，爱哭鼻子。从前，多吉常常为了甩掉嘉措，便跟嘉措玩捉迷藏的游戏，他让嘉措先躲，躲得深一点。嘉措把自己藏到草里，或者梭梭柴堆里，他想哥哥多吉一定不会找到。嘉措屏住呼吸，安静地等待哥哥宣告失败的声音。可是，很久过去了，周围异常安静，好像自己被遗忘了。他多么希望哥哥能把他找到，将他从柴堆里拽出来，从深深的孤独里拽出来。等嘉措落寞地走出柴堆，哥哥多吉早已不见踪影了。

嘉措喜欢躺在开满花的噶玛坡上，他和花玩，风吹动花茎，在嘉措脸上轻轻颤动。嘉措仔细看过每一朵花，每个花瓣都像一张笑脸哩，笑得脸都涨红了。嘉措想，噶玛坡的地下一定也是五颜六色的吧，要不怎么能开出五颜六色的花朵？除了牛羊和嘉措，没有人喜欢噶玛坡。有一次，嘉措和阿妈说起噶玛坡，阿妈在嘴里重复了几遍，然后微笑着摸摸嘉措的脑袋说，嗯，我们嘉措认的字越来越多啦。嘉措也把噶玛坡指给阿爸看过，阿爸正在喝酒,猩红的眼睛瞟了一眼说,嗯,就是北边那个尿包嘛。尿包是阿爸从酒馆新学来的词,所有他看不上眼的都被称为尿包,包括嘉措、姑父巴扎、邻居坚措以及一头不会产奶的母牦牛。

羊群已经翻上坡了,臃肿灰白的身体慢慢蠕动。它们该剃毛了。一只蜜蜂在嘉措跟前嗡嗡飞过,嘉措立即从草地上爬起来。"蜜蜂是花的使者",他在书本里学过,一定是哪里开花了,才引来蜜蜂。嘉措跟着蜜蜂慢慢走,有时蜜蜂飞到嘉措身后,有时又躲到草丛里不见了。嘉措伸手去找,不小心将它拍到地上,蜜蜂一动不动地躺着,嘉措很难过,两眼顿时汪出泪来。正当他十分自责时,蜜蜂又嗡嗡两声,鼓振起翅膀,歪歪斜斜飞走了。

哥哥多吉是不会注意到花和蜜蜂的。作为一个牧羊人,多吉想到的是,雪崩之后,就可以把羊群赶到靠近山脚的地方,那儿的牧草已经非常丰茂了。

他们有九十七只羊、一百零六头牦牛和一匹枣红色的马。这些牛羊都归多吉管。哥哥多吉不喜欢规规矩矩地坐在教室里,所以只学了一些"山、水、日、月"后就回到牛羊身边。阿爸认为在草原上会数数就行,不需要认得很多字。当嘉措对着牛说话,对着一朵花说话,阿爸就会说,嗯,你看,认字会把脑子认糊涂的嘛。

嘉措把羊群赶进羊圈,阿爸和多吉从远处骑马回来了,后面还有阿爸的朋友。最近是挖虫草的季节,哥哥多吉每天和阿爸去很远的冬牧场,牛羊暂时交给放虫草假的嘉措。

今天的收获一定不错，从他们骑马的风驰电掣就能看出，如果一天只挖到几根虫草，整个人连同马都是蔫蔫的。

哥哥多吉是远近小有名气的骑手，参加过六次赛马，两次冠军、两次亚军。那些奖杯被阿爸放在了供桌上，奖品毛毯每晚都盖在身上，白天毛毯又被卷起来，单独放在一边。有客人来了，阿爸便指着说，嗯，这是赛马冠军奖品我们多吉的嘛。

阿爸说话总是用倒装句，但大家都能听懂，客人们便用粗黑的手指在柔软的毛毯上仔细抚摩一阵。

嘉措不会骑马，或者说不敢骑马，他曾眼睁睁看见一个人被马活活拖死——那个人下马时，左脚卡在马镫里，他想把脚从马镫里抽出来，可越着急卡得越紧，这时马仿佛受了惊吓，突然奔跑起来，那人被马拖了三公里才停下。

嘉措是坐过马的，草原上的孩子哪有没坐过马的。每年的几次转场中，羊毛被和一堆锅碗瓢盆由枣红马驮着，嘉措就坐在羊毛被和锅碗瓢盆之间。他紧拽着缰绳，身体缩着，不敢看别的地方，目不转睛地看着马脖子在一耸一耸。他发现马的鬃毛湿湿的，拧成几缕。嘉措问阿爸，马脖子上为什么会渗水？阿爸大笑了一阵，扯着嗓门说道，你这个小库巴（小蠢货），货物太重了嘛，马流汗了嘛。

现在，阿爸又扯着嗓门喊了，小库巴，给我把那只羊捉出来嘛，不肯剃毛的羊嘛。

那只不肯剃毛的羊叫江措，嘉措昨天刚给它取的名字，和他自己的名字"嘉措"都是大海的意思。阿爸阿妈从来不叫它的名字,总是叫它"鲁",虽然带点昵称,但意思还是羊,虽说名字只是个代号,嘉措还是觉得委屈它了。

嘉措刚把江措牵出,阿爸已经跳下马大步流星地走来了。

阿爸抓住羊的肚皮抱到自己胸前,将其绊倒在地上,两只前肢中叉上一只后肢,捆住,再用绳子的另一头把羊的嘴巴连同鼻孔绕几圈紧紧捆绑,那可怜的小东西更加拼命又无望地挣扎。嘉措看过母亲给羊剃毛,它们一个个都是站立着,很听话的样子,只有江措不肯剃毛,常常躲在草垛里不出来。阿妈便会说,你看,这家伙和我们嘉措一样胆小呢。

被捆绑着的江措很快就不挣扎了,当眼珠变得灰白时,阿爸突然抽出腰刀开始剥皮。

嘉措这才明白过来,他转过身去,捂着脸大哭,肩膀因为抽搐而上下抖动。他闻见了血的腥味。

挂在帐篷外的羊皮半湿半干时,帐篷里的阿爸已经开始吃起热乎乎的血肠了。这个晚上,嘉措一直不愿靠近帐篷,帐篷内的灯火将帐篷映照得几近透明。月亮爬到头顶,嘉措才被阿妈找回去。阿爸和他的朋友们都喝大了,双眼混浊,不知道是酒的作用还是炉子的作用,他们的脸都呈绛红色。

来吃肉嘛小库巴,阿爸喊了一声,他的嗓子被烈酒浸得哑哑的。阿爸挪了挪身子,腾出一点空当,这时,作为赛马奖品的红色毛毯从他后背滑下来。阿爸把毛毯抱到胸前,红色毛毯映照着他绛红色的脸;他眼睛鼓胀着,也布满红色血丝;鼻子比任何时候都大,像在零下几十摄氏度的室外冻过再安到了脸上。

多吉,阿爸突然大声喊道,多吉还参加骑马大赛嘛今年。说完又转过脸对嘉措说,嘉措嘛,你参加骑牦牛大赛嘛也今年——

2

第二天,嘉措走了几十里路来到同德县郊外的舅舅家。舅舅叫央扎西,是一个石刻匠人。舅舅盘腿坐在院子里的一棵梨树下,树荫罩在地上,形成一个颜色深重的圆。舅舅右手握着梅花锤,左手握着錾刀,梅花锤在錾刀上一点点敲,錾刀就在石板上一点点啄。嘉措一眼不眨地看着。小半天之后,舅舅问话了,我的小嘉措啊,你走了几十里路就是为了坐在这儿傻看吗?

嘉措不知道怎么回答,抿抿嘴,点了点头,又摇了摇头。嘉措想起昨晚阿爸说的话了,"嘉措嘛,你参加骑牦牛大赛……"阿爸说这些时正盘腿坐着,他脱掉皮袄的双袖,袒露着上身。那件皮袄是他几年前从一个赌输的牧民身上扒下来的,那时,皮袄还是崭新的,抵了四百元赌债。现在皮袄已经很旧了,油腻腻的,充溢着杂味儿,前襟还被火烫出一个碗口大的洞。那一刻,嘉措看着皮袄上的洞,像极了自己错愕的嘴巴。

舅舅把石板架得矮矮的,让嘉措坐过来。嘉措的手握着錾刀,舅舅再握着嘉措的手。哎,对嘛,倾斜,好,用力,就这样,很好嘛——錾刀经过的地方,犁出一道深深的白色凹痕。

石板上的字嘉措很多都不认识,但舅舅认识。舅舅是亲戚中识字最多的,也是懂得道理最多的。嘉措又想起困扰自己的问题来。其实早在昨晚，他就已经问过阿妈，他不知道阿爸说的话是不是真的。阿妈没有回答嘉措的问题，只是一个劲儿地笑。那时阿妈正在溪边舀水，溪水发出哗哗的声音，宛如阿妈的笑声。阿妈说，我的小嘉措啊，你这么晚都不去睡觉吗？阿妈的牙齿白亮亮的，像白亮亮的溪水。

在路上，嘉措也把这个问题问了一朵花，问了一片云。花在风里一个劲儿地摇着脑袋，而云一个字都没说，匆匆跑走了。嘉措又来问舅舅，央扎西舅舅停下手中的刀，和阿妈一样笑起来。嗯，小嘉措，其实你的心里早就有答案嘛。

回去的路上，嘉措把舅舅的话反复琢磨着，舅舅好像回答了问题，又好像没有回答。嘉措觉得自己没有听明白，又好像明白了似的。

回到牧场，太阳已偏西，多吉正将牛羊赶进圈里，黑黑的牦牛、白白的羊，像围棋子儿一粒粒地移动着。嘉措看见那头最高最壮的种牦牛了，它走在队伍前面，脑袋昂得高高的。作为种牛，它总是表现得趾高气扬。骑牦牛大赛，都是以种牛参加，因为力气大，能跑。骑手们多是和嘉措差不多年纪的孩子，草原上的孩子天生就是骑手，当然，嘉措例外。

两年前，阿爸为嘉措请来一个僧人。据说让僧人摸头，嘉措吃上念了经的果子，就可以变得胆大。显而易见，这些在嘉措身上并没起到作用。

嘉措看见多吉骑上马向草原深处去了。多吉骑马不用鞍，一根缰绳即可，两腿夹住马肚，飞奔时屁股抬离马背。嘉措觉得多吉不像是骑在马上，而是和马合二为一。当马开始奔跑时，多吉像飘浮在马上方一样轻盈，又好像吸附在马身上一样稳健。嘉措看了好一会儿，心想，自己连骑马都不敢，何况骑牦牛呢。

上面能见到的那座山，它是拉萨的香茅山，佛法在那里兴起发展；

对面能见到的那座山，它是牧区的玛卿山，心愿在那里如意实现；

下面能见到的那座山，它是尊崇的五台山，骏马在那里驰骋争先。

骏马在那里驰骋争先……

多吉已经骑马返回，他的歌声从远处飘来，一直传到嘉措的耳边。嘉措看见阿爸从帐篷里出来，手里托着马鞍，正在迎接骑手凯旋。夕阳涂满了他的脸，原本黑红的颜色上又添了一层金色。阿爸也曾是一名出色的骑手，不光在他们秀麻乡，在整个同德县都是相当有名气的。马鞍、脚蹬、后鞧等配件是他几年前托人定做的，看样子阿爸要把它们送给多吉。

嗨，战士。阿爸大喊一声，不知道是对多吉还是对马。他的声音被风刮得到处都是，每一缕声音都在阳光下快乐地颤动。

嘉措迟疑着脚步，这时候他不想走过去。于是蹲下来，百无聊赖地玩着草叶，等阿爸和多吉回到帐篷，嘉措才慢慢回去。

他在牛圈前停下来,站在栅栏外用目光搜寻那头牦牛。它耳朵上系着一只吊坠,有一年做记号时系上的,后来就没拆掉。它的身子很长很高,比其他牦牛大出一圈。嘉措想起有一次他问哥哥多吉,怎样才能骑到牛背上?多吉说,牛听你的话就会给你骑。嘉措又问,可是,牛怎么才会听话?这时多吉笑了,一边笑一边举起手上的鞭子,说,嘉措你真是个傻子,你有鞭子啊,有鞭子就能驯服它们。

种牦牛在牛圈里转了个身,也看向嘉措,鼻子里呼着气。嘉措问,我可以骑在你身上吗?牦牛昂起头哞哞两声,像是不乐意。嘉措便说,我才不想骑在你身上呢。

3

骑牦牛大赛临近时,嘉措变得焦躁不安。哥哥多吉很热心,他把牦牛牵出来,将鼻绳拴在木桩上。牦牛极不老实,甩着脑袋几欲挣脱,多吉便给它一鞭子。多吉让嘉措赶紧上,嘉措不敢,畏缩着不肯靠近,多吉便腾出一只胳膊把嘉措夹住,嘉措双脚被抬离地面时,感到十分紧张,然而让他更紧张的是,他的余光瞥见了阿爸,阿爸正站在帐篷前看着这一幕。嘉措的汗出来了,他无法形容自己那一刻的心情,紧张、恐惧、逞能、胆怯,他的四肢僵硬着,既不敢靠近,又无法缩回。

厌包。嘉措听见阿爸吼了一句,多吉也泄气地把他扔在地上,离开了。嘉措站起来,看着牦牛,他发现牦牛比平常看到时还要壮硕,它的角像两道坚硬的括弧。嘉措没有回去,他在离牦牛不远的地方呆坐着。天黑了,帐篷里亮起了灯,仿佛帐篷变成一个发光体。他听见阿爸在帐篷里大声说话的声音,他的嗓门儿总是很大,唯恐别人听不见似的。阿爸常常取笑嘉措的细声细语,嗯,你这是说给自己听的嘛。

嘉措把牦牛的拴绳解开,没有将它牵进牛圈,而是向南走去。黑黑的草原只有风,他们一直走,翻过几个山坡,蹚过一道溪水,才看见祖毛乃则山。嘉措松开绳子,把种牦牛赶向山脚后拔腿就跑。他听到风在耳边呼呼作响,像无数个哨子在叫。哨子声中突然出现了一声震天轰鸣,嘉措定住脚,汗从脊背流下来。又是一声,轰鸣过后是噗噗的雪落的声音。嘉措反身向祖毛乃则山狂奔,他在雪倾覆的地方使劲刨着,他的眼泪横飞,雪粒溅进眼里。这时,又是轰的一声——嘉措惊醒了,他从床上坐起来,脸上还挂着泪花。

嘉措躺倒下来又睡了过去,他感到昏昏沉沉,到傍晚时,浑身发热,阿妈在他的额头敷了湿毛巾。一连两天,嘉措都在帐篷里昏睡,到第三天,嘉措才迷迷糊糊醒来。他想起刚刚做的梦,梦里央扎西舅舅来了,正在帐篷外和阿妈说话。舅舅谈到刚刚在路上遇见一头漂亮的白牦牛,那真是高原奉献给人类的稀世珍宝——舅舅的声音越来越近,越来越清晰。嘉措睁开眼,发现舅舅正掀开帐篷门进来。原来不是梦。

嗯,我的小嘉措醒来了。央扎西舅舅走到嘉措身边坐下。

舅舅给嘉措带来一块玛尼石,上面刻着六字箴言。石头是黑色的,牦牛一样的黑色。边缘有一小抹白,像雪山隐隐。嘉措一边摩挲着石头一边问舅舅,自己是不是睡过了几个太阳？舅舅说,是啊,也睡过了几个月亮。

可我怎么没有醒来？嘉措问。

嗯,一定是梦里有美丽的东西你才不肯醒来嘛。

为什么时间会跑得那么快？嘉措又问。

因为你在梦里不搭理它,时间它就跑开了。

嘉措问舅舅《斯巴宰牛歌》里唱的是真的吗？斯巴为什么要宰牛？砍下牛头放高处,所以山峰高高耸;剥下牛皮铺平处,所以大地平坦坦;割下牛尾扔山阴,所以山林郁葱葱……

央扎西舅舅笑了,说嘉措嘛,斯巴是宇宙、世界的意思,因为那时候天地还混合在一起嘛。

嗯,世界上什么时候有了第一头牦牛呢？

嗯,当世界第一缕阳光照耀到冈仁波齐的时候——

可是,天地还混合在一起,怎么会有冈仁波齐？

舅舅忍不住笑了,他说,我的小嘉措啊,你再这么提问下去,再智慧的圣贤都会回答不出来了。

嘉措总有问不完的问题,只有舅舅和阿妈愿意回答。阿爸常常说,嘉措嘛,一定是喝了吃着五颜六色花草的牦牛的奶,脑子里才有这么多花花绿绿的问题嘛。

舅舅要回去了,嘉措起身送舅舅,他们向路口走去。嗯,亚颇章(牦牛宫殿的意思)嘛,央扎西舅舅指着不远处的牛圈打趣道。嘉措愣愣地看了会儿,跟着舅舅向前走,远处的山坡已长出了片片牧草，绿色越来越浓。

快回去吧，舅舅对嘉措说，再送就要到同德县啦。

嘉措想起自己那个最重要的问题，他紧追上来。可是，他继续问舅舅，人怎么才能驯服牦牛呢？用鞭子吗？

嗯，没有哪个动物会喜欢鞭子，和它们建立感情，才会听你的话嘛……

4

四月的最后一天，嘉措家的牛羊要转场了，它们将从春秋牧场转到夏季牧场，天气越来越热，路上偶尔看到转场的牧户，明显比前些天少了很多。嘉措家的春秋牧场距离夏牧场不算太远，但也得走上两三天。

拆卸下来的毡房和简单的生活用品分别由马和种牦牛驮运，它们走在队伍前面，慢慢就落在后面了。这两个家伙很久没有负重走这么远的路了。嘉措走在种牦牛身边，眼睛不时瞟向它。过了第一道隘口，嘉措把它身上的一口锅背到自己肩上了。到了大坡，又一个麻袋也被挪过来了。

嗯，我们的小嘉措嘛，开始心疼他的牦牛了嘛。阿妈一边赶着羊群一边对阿爸说。

它有名字，它叫扎日。嘉措更正道。

晚上，嘉措一家在坳地里扎营，他们睡在简易的帐篷里，嘉措和哥哥多吉一个帐篷。奔波一天，此刻疲倦不堪，但嘉措却睡不着,他对这一切仍然感到很新鲜,这样的转场有过多少回,谁也没计算过。不过,这是一道极其简单的算术题——每年都要到夏牧场来放牧,也就是说,如果你是十一岁,那么你从冬牧场转到夏牧场就是十一次。

你睡着了吗?嘉措小声问多吉。

嗯。多吉回答。

我听见你的枣红马就在我们帐篷旁呢。嘉措说。

嗯。多吉闭着眼睛。

它刚刚打了个响鼻你听见了吗?

嗯。多吉的声音越来越轻。

你认为,枣红马愿意参加赛马大会吗?嘉措又问。

当然会。多吉猛地坐起来,一匹骏马怎么会不愿意参加赛马大会呢?要是没有赛马大会,世界又何必生出骏马——

可是——

你闭嘴。嘉措刚张口就被多吉打断。

闭了嘴的嘉措却闭不上眼睛,帐篷外牦牛们反刍的声音此起彼伏,嘉措从无数混杂的声音里听出扎日的声音。他坐起来,轻轻走出帐篷。星空很亮,地上如同雪似的白。扎日正卧在一处洼地,下唇左右缓缓摆动。

扎日。嘉措轻轻喊了一声,在它旁边坐下。扎日,你喜欢"扎日"这个名字吗?

扎日不说话,把脸转向嘉措,嘴唇停止摆动。嘉措注视着扎日,它的眼睛像蒙了一层水雾,在黑夜里显得十分莹亮。扎日眨了眨眼,长长呼出一口气,热气拂过嘉措的手臂,让他有些猝不及防。嘉措想,这大概是他和扎日最近距离的一次接触吧。

月亮露出来了,四周的薄云像丝线一样慢慢散开。嘉措看看天空,又看看草原,觉得这一切多么新鲜。其实,每年转场都会在这儿扎营,对这里已经十分熟悉——远处的山冈没有长高没有变矮,弯弯的溪流也没有改变流向,就连草原上那种混杂着牛粪羊粪和黑藜藜的气味都没改变。可是,扎日在他手臂旁长长地呼气,让嘉措感到这个晚上与从前特别不一样。

他从身后揪了一点草,几根断了的草尖尖,拢着手,迟疑着,慢慢地送到扎日嘴边。扎日,吃吧,吃吧,扎日。扎日把脸转过来,看着嘉措,半晌,用舌头将草卷了去。扎日的舌头潮湿又粗糙,像一把刷子。嘉措的掌心痒酥酥的。

转场第二天,天气变得很热,中午阿爸提议在巴沟乡歇一歇。虽叫"沟",却一滴水也没有,周围的岩土由于干燥,早就结成了块状。嘉措枕在一块岩石上,脸上的汗直流。头顶的云团,并没能挡住太阳,白得有些耀眼,无声无息地翻滚着,移动着。嘉措想,要是来一点雨多好啊。他闭上眼睛,迷迷蒙蒙睡着了。醒来时,发现扎日正在他旁边,脑袋紧挨着他的脑袋。嘉措还发现刚刚枕过的地方闪烁着霜似的白色,不知道是汗水还是刚刚梦里的泪水。他用指头在白色上抹了抹,放在舌尖,他尝到了里面带有苦涩味道的盐分。牛羊常常把头凑到岩缝中舔食其间泛出的盐霜。嘉措看着扎日一点点地将舌头移过来,心里竟然涌起了感动,他也说不清楚具体是什么,只觉得双眼又湿湿的了。

搬到夏季牧场后不久,学校就放暑假了。阿爸一看见嘉措便说,嗯,从学堂回来了嘛会认字的人。阿爸说这话时嘉措觉得自己像做错了事,所以他总是躲得阿爸远远的。

嘉措喜欢跟在阿妈身后,和她一起挤牛奶、捡牦牛粪、去溪边舀水。阿妈不爱说话,这一点嘉措大概是遗传了她。不爱说话的阿妈喜欢笑,颧骨上两块高原红,笑的时候颧骨挤上去,眼睛两侧的皱纹便像高原雪菊一样盛开着。

多吉仍然每天不知所终,早晨把牛羊放出去后就不见踪影,他找人赛马、打弹子、赌贝壳。有一次多吉与人摔跤把脚趾骨摔断了,是阿爸背回来的。嘉措以为多吉要被阿爸训斥了,或者挨揍。然而没有,非但没被训斥,而且在晚上的时候,阿爸开了一壶酒,和多吉对饮起来。阿爸听说和多吉摔跤的对手也受伤了,而且受伤的是胳膊,阿爸很欣慰,说,那家伙早就该给他点儿厉害看看了。整个晚饭时间,阿爸都在传授自己的一些歪门邪道的摔跤技巧和经验。

这之后,多吉大多时间躺在帐篷里,或者被附近的几个男孩背出去玩。他们躲在一个不易发现的凹地里玩弹子,一玩就是一个下午。

牛羊的事暂时交给嘉措。嘉措和扎日的关系更近了一步。嘉措走进亚颇章(他已经习惯这么称呼了),扎日便一动不动地站在那儿,它一改从前的躁动,变得乖顺,硕大的脑袋显得愣头愣脑的。白天,嘉措带一本书去噶玛坡,他发现扎日总会在离他不远的地方吃草。有时不小心走远了，又会折回来，把那些啃过的草地再啃一遍。后来，嘉措也不停挪动位置，和扎日保持很近的距离。他学会用一种草叶做哨子，哨子声哑哑的，但很特别。扎日一听见嘉措的口哨声便抬起蹄子漫不经心地走过来，嘉措感到，扎日这么做并不是出于顺从，而是它想和他待在一起。

一天中午，太阳热辣辣的，头顶的云朵都不知道跑哪儿去了，嘉措去沟底的小溪洗脸，突然脚一滑，摔倒在地。他感到脑袋被什么东西硌了一下，两眼冒光。摔下来后他也不想立即爬起来，头昏昏沉沉，他把眼睛闭上，索性在溪边睡了会儿。嘉措醒来时发现扎日正在拱他。天色暗沉，黑云压境，眼见暴雨就要来了。扎日用嘉措平时最畏惧的牛角将他往岸上推。嗯，扎日，别动。嘉措迷迷蒙蒙地揉眼睛。这时，几滴蚕豆大的雨点弹在地上，嘉措才惊坐而起，牵着扎日往避雨的山下奔去。刚到山脚，暴雨倾盆。雨柱在他们身边形成一道门帘，扎日紧贴着嘉措，嘉措紧挨着扎日。

傍晚天晴了，嘉措把牛羊赶回去，发现草场里停了一辆小货车，车轮歪斜着，卷着草叶和泥巴的混合物，车厢上甩满泥点，一副风尘仆仆的样子。嘉措认得这是住在同德县的阿木乎的车，专门到草原上收购牛羊用的。阿妈见嘉措回来，叫他把扎日单独关到小牛圈里去，因为一会儿要把它赶上车，让阿木乎带走呢。嘉措从阿妈口中得知扎日要被卖给阿木乎，阿爸认为已经养了它十四年了，到明年怕是卖不出好价来了。

嘉措的泪水在眼眶里打转，可以不卖吗？他乞求阿妈。

嗯，别难过，我的小嘉措，阿爸会重新买一头种牦牛回来的。

可是，不要把扎日卖了。

它已经老了。

它没有老。嘉措噘着嘴。

嗯，阿爸已经和阿木乎谈好了。阿妈无奈地摇头。

你能让阿爸不卖扎日吗？

嗯，小嘉措，阿木乎已经——

嘉措跑进帐篷，阿爸正和阿木乎坐在桌边喝酥油茶。可以不卖扎日吗？他没头没脑地说了一句。

嗯，小嘉措嘛。阿木乎向嘉措打招呼。

可以不把扎日带走吗？嘉措对阿木乎说。

哪有不被卖出的牛羊嘛。阿爸板着脸。

可是——嘉措的舌头又开始不争气了，总是在关键时刻舌头变得胆怯和笨拙。

它都比你还大了嘛，明年再卖的话，连一只羊的价格都不如了嘛。阿爸皱着眉头说。

嘉措噙着眼泪，阿爸有些不高兴，嗯，这是大人间的事情嘛。

它一旦离开草原，好日子就到头了。嘉措流着眼泪说。

扎日被赶出牛圈时，嘉措突然无法抑制情绪，他冲到阿木乎面前，乞求他，又转身拦住阿爸。留下它吧，它一定会争气的,我保证,一定比一只羊价格还好,它可以参加牦牛大赛,我和它一起参加牦牛大赛,我们会赢得奖品……

嘉措很惊讶从舌头上卷出的这番话,每一个字仿佛都没有经过大脑,而是舌头的擅自行为。当然,惊讶的不仅仅是嘉措,还有阿爸和阿妈。

当阿木乎的空货车沿着来时的车辙印越来越远时,嘉措的情绪才慢慢平复,他的泪水挂在脸上,肩膀还在轻轻颤动。他将脸靠近扎日,感受着扎日鼻腔里平稳的呼吸。夕阳斜斜地照耀着,在他们的脸上涂上一层淡淡的光辉。

5

一整天嘉措都在噶玛坡,无心看书,还沉浸在昨天的情绪里。扎日在远处吃草,阳光在它身下留下一团很重的影子。嘉措觉得昨天之后他们之间被什么联系得更紧密了。

扎日,扎日,嘉措对扎日说话,你得和我参加牦牛大赛了,你准备好了吗扎日?

扎日抬起头,沉默不语地立在一边。

多吉是不能参加这一届的赛马大会了,他的骨头还没有长好,脚上缠着厚厚的布。他让人将他扶到枣红马身边,臃肿的脚却无法套进马镫里。多吉为不能参加比赛感到愤懑,但很快他就会从这个情绪里走出来,忘记这件事,他总能从打弹子或赌石子这些游戏里获得另外的满足。有时,他会在牛圈外指挥嘉措,告诉他如何使用鞭子。咳,嘉措,你得用鞭子,不要跟牦牛说话, 它简直是世界上最笨的动物。多吉说牦牛又笨又倔,他这辈子最了解牦牛了。

多吉送给嘉措一条鞭子,用切成细条的牛皮编制,手柄采用一截木梢儿。但嘉措不用鞭子,将它悄悄藏起来。

嘉措,你想和多吉一样勇敢英武吗? 嘉措问自己。

嘉措常常问自己这样的问题——你想变成多吉吗? 你想与人摔跤吗? 你想像个勇士拿起鞭子吗?

答案都是否定的。

嘉措对扎日说,我会照顾好你的,我向你保证,我绝不用鞭子。

嘉措带着扎日往噶玛坡走,他们经过两个牧场,跨过一条小溪,来到距噶玛坡不远的地方。嘉措发现扎日的确有点老了,步履变得迟缓。扎日紧紧挨着嘉措,好像生怕会走丢似的。

我可以骑在你身上吗? 嘉措对扎日说。嘉措将手放在扎日后颈,扎日一动不动,嘉措也一动不动,好像彼此都在等待什么。

日子就这么一天天流逝。有一天,嘉措像往常那样抚摩扎日的后颈,扎日突然将两只前蹄跪下,嘉措不明白扎日的意思,直到他将一条腿轻轻跨上去,扎日才将前蹄立起,整个身子往紧里缩了一下,嘉措被稳稳地驮住。

嘉措坐在扎日背上,扎日的两只角并没有那么唬人,在嘉措前面弯成一道屏风。嘉措感觉自己高了, 视野也变得很开阔,能看见很远处的山坡和山坡上吃草的牛羊,还能看见山坡下溪水打了个弯又向东流去。

但驮着嘉措的扎日只愣愣地站着,并不走动,任凭嘉措如何叫唤或夹腿都无济于事。

嘿,扎日,走起来吧。

扎日一动不动。

嘿,扎日,你得走起来。

扎日仍然愣在原地。

当嘉措从扎日身上下来,在离扎日远远的地方吹口哨,扎日就能明白,小跑着过去。可一旦嘉措坐在它身上,扎日就原地不动了。或许,它只是想和嘉措待在一起吧。

又一个周末,嘉措去了同德县。他在央扎西舅舅的院子里坐了一个下午,舅舅去寺庙参加晒佛,还没有回来。嘉措便看那些刻在石头上的字打发时间,舅舅曾教过他每个字的发音,唵、嘛、呢、叭……嘉措觉得很有意思,每个字都是有声音的,现在,把字刻在石头上,声音仿佛就被石头没收了去。可是,当风吹着梨树叶,发出啪嗒啪嗒的响声,风再绕过树叶,绕过墙角,在门把手上发出“叭”的一声。风穿过走廊,跑了一圈,又回到院子中央,在石块上划出“嗡”的声响。嗡——嘉措闭上眼睛,静静地聆听风、石头和字共同完成的诵经。

傍晚,舅舅回来了。舅舅向嘉措讲述在外听来的好玩的事情,还讲了格萨尔王如何驯服野牦牛的故事。不过,驯养野牦牛,那是蒙昧时代,现在都是家牦牛了嘛。舅舅说,在阿里的岩画上,刻有大量的牦牛图案,很多史诗中叙述了游牧民族与牦牛的关系,《嘉莫牦母牛宗》《野牦牛颂》《黑帐篷颂》等等,都赞美了牦牛与人的和谐相处。

嘉措不太听得懂,但还是喜欢听舅舅说话。央扎西舅舅每说起一则牦牛故事,嘉措的脑海里便闪过一幅幅画面,画面里都是扎日。

日头渐渐偏西,嘉措要回去了。

嗯,我的小嘉措,你的五颜六色的问题还没有问呢。舅舅说。

嘉措摇摇头,他没有问题了,现在,他多么急迫地要回去,要和扎日待在一起。嘉措告诉舅舅,自己和扎日已经建立了感情,扎日已经能够驮着他了。

舅舅听到这个消息很高兴。嗯,我的小嘉措嘛,只有彼此需要,才会彼此驯服,你说是不是?你需要扎日,扎日也需要你。

舅舅送嘉措到路口,太阳有气无力地悬吊在远处,仿佛稍不留意就会坠到地平线下。晚霞用尽了燃烧的力量,转瞬之间,漫天的红艳便消失了。嘉措和舅舅道了别,独自往牧场走去。天越来越黑,月亮爬上了天空,几颗星星战战兢兢地亮着,广袤无垠的夜空之下是更加辽阔无边的草原。

一条隐约的路通向草原深处,嘉措走得很快,脚步是从未有过的轻松,好像获得了新的力量。他听见舅舅的歌声从远处传来,音调被拖得长长的:

大鹏老鸟要高飞，是因为雏鹏双翅已强健了；

雪山老狮要远走，是小狮的爪牙已锋利了；

十五的月亮将西沉，是东方的太阳要升起来了。

…………

6

八月到来的时候，嘉措已经能够骑着扎日去放羊了。

这一切都是慢慢发生的，嘉措甚至不记得扎日是什么时候迈出的第一步。嘉措没有给扎日系上缰绳，也不需要扯嚼子，他只要两腿轻轻一夹，后脚跟碰一碰，扎日就知道跑起来了。他们逐渐熟悉了草原上每一条恣意的溪流、每一棵倔强的梭梭柴、每一块裸露在外的孤傲石头。他们会在水花飞溅中穿过沟底的河流，再飞奔到远处的属于他们的噶玛坡上。噶玛坡非常安静，风从坡上刮过，只留下凉爽。嘉措看书，或者发发呆，扎日就在离他不远的地方啃草。远处，有人在骑马，有人在赶羊，却与他们毫不相干。

躺累了，嘉措便绕着山坡走一圈。这个低矮的却有着明显分界线的小山坡恍若是嘉措的领土。他想起曾在书上看过的故事，那个一天看四十三次日落的小王子。嘉措想，噶玛坡就是他的星球吧？但是，他一点都不孤单，因为他有扎日。

比赛快要临近时，嘉措带扎日去溪边洗了个澡。草原上的中午已经非常炎热,热气蒸腾在草地上空,远处被日光灼出一片空茫。嘉措先把自己的衣服脱下,再将扎日牵到浅水处,嘉措制作了一只简易的舀子——由半只皮球和一截木棍组成。水从扎日的脊背流过,像长着小脚丫似的,在它黑黑的毛发上奔跑,小脚丫经过之处,毛乖顺地贴在皮上。扎日充分享受着这舒服的时刻,在水中一动不动,任其摆布。

嘉措想起扎日年轻的时候,是由阿木乎的那辆皮卡送过来的,也是在傍晚,嘉措原本和多吉玩捉迷藏,多吉又悄悄溜掉了,不见踪影,留下嘉措孤零零一个人。扎日从皮卡下来的时候一副桀骜不驯的样子,它的身材壮硕,全身乌黑的毛像南方丝绸一样光滑。扎日抬头叫了几声,像是打招呼,又像表示某种不屑。这些年,扎日一直不太合群,处处显得格格不入。嘉措还记得扎日被鞭打的那次,转场时,它故意将身上的重物甩到地上,几只酥油茶碗被摔得稀碎,扎日被阿爸抽了好几鞭子。

这个下午,有关扎日的记忆像闸门一样打开,嘉措一边洗刷着,一边回忆;一边回忆,一边向扎日讲述。草原上静悄悄的,只有嘉措和扎日的低语,以及水流轻快奔向远处的声音。

他们在太阳落山前回到帐篷,阿妈把牛羊赶进圈里,阿爸正盘腿坐在桌子旁,手里拿着一张羊皮在搓揉。这是一张熟过的皮子,经过搓揉会变得柔软细腻,仿佛丝绸一般。阿爸见嘉措进来,说这是给他做"擦日"藏袍用的,现在还差两张羊羔皮就准备妥当了。羊皮在阿爸紫甘蔗一样粗笨的手指下逐渐柔软,嘉措坐在一侧出神地看着,仿佛那种柔软是从阿爸粗糙的手指间流淌出来的。嘉措将手伸过去,轻轻抚摩着,手指顿时被一种柔滑的感觉给俘虏。

比赛的日子终于到了,一百多头牦牛参加了这场盛会。牦牛们被精心打扮,长而弯的牛角上系上了各色彩绸,表示夺魁在望。除了那些十二三岁的灵敏体轻的少年骑手,草原上还站满了观战的人。人们身穿藏袍,有的腰上扎了红带,脚蹬皮靴,神采奕奕。在人们看来,这不仅仅是比赛,还是祖毛乃则山下的盛大庆典。

牦牛和它们的骑手都一字排开了,螺号声声,祭坛里煨起了桑烟,发号施令的枪就要打响。嘉措站在起跑线上,看着不远处的终点,阳光正铺洒在这条被两侧的观众簇拥的"道路"上,每一根草尖都变得亮莹莹的。

突然,嘉措看见了远处的噶玛坡,虽然它那么矮小,那么不起眼,但此刻,却像一颗星球正要从草原上缓缓升起。

枪声响了,嘉措双腿轻轻一夹,扎日便向前跑去,草叶和泥土在牛蹄下翻卷上来。耳边充满欢呼声,分不清每一缕欢呼该分配给哪一个骑手,或许人们并不是给某个特定骑手加油,而是通过这样的呐喊表达一种兴奋。牦牛们有的向前奔跑,有的还愣在原处,它们不像马,天生就有方向感,或许正是这种愣头愣脑的样子更引起人们的阵阵尖叫和哄笑。

终点处人们挥着彩旗,呼喊着"秀加不、秀加不"(加油的意思)。呐喊声震耳欲聋,风马纸漫天飞舞。五彩的旗子就在前方,欢呼声更热烈了,嘉措感觉自己瞬间长高了,变得顶天立地。他看见熟悉的溪水永不停息地向前;看见草地上的牛羊都转过脑袋看向他;还看见阳光从噶玛坡后面照过来,给它镶上了一道金边。

嘉措分明感到自己的双腿在这个时候轻轻一夹,右脚在扎日肚皮上一碰,以他们惯常的默契,这是向右转弯的意思。果然,扎日偏离了主道,向噶玛坡的方向奔去。松软的草皮带着绿草和花朵在他们身后雨点般地溅向空中。人们也发现这个冲在最前面就要夺魁的骑手偏离了方向,发出惊讶和着急的叫声,但嘉措并不去管这些,当然,也管不了这些。这个时候,他的脑海里都是那个晚上的歌声,他从同德县的央扎西舅舅家走向草原的夜晚,分不清是舅舅的歌声还是自己的,歌声悠长,久久回荡在天地之间:

大鹏老鸟要高飞,是因为雏鹏双翅已强健了;
十五的月亮将西沉,是东方的太阳要升起来了……

雾在夜晚升起

他还是去了。没有拒绝的原因是他不善于说"不",尤其对女人。他向来这样。约他的正是女人,或者说,一个即将成为他前妻的女人。他觉得前妻这词挺有意思的,得依附于离婚这件事方能成立,在他看来,离婚是一项跳高运动,需要助跑,起跳,腾空,过杆,落地——"哂"的一声,轻飘飘的,或轰隆隆的。有人完成得行云流水,一次过杆;有人碰掉了横杆,那不算,得重新开始;也有人始终跳不过去,干脆就放弃了。前妻这词带有某种时空感,裹挟着生活中所有与之有关的部分,呼啸而去。不是所有男人这辈子都和这个词有关。

当然,他们还没有离婚,但也快了,已完成了助跑,起跳,腾空,这次见面就是为了最后的过杆和落地。

主意是她出的,即在离婚前两个人一起旅游一天。她的主意总是很多,他和她的生活里到处都充斥着她的主意,不过,这些年明显少了,彼此都失去了兴趣和耐心。

他是极其反感这样的旅游的,但她提出后,他没有拒绝,前面已经说了,他不擅长拒绝,就像她若干次提出离婚一样,他都没有拒绝。"好吧。"他总是漫不经心地回答。"我说的反话你听不出来吗?"和好后她便气急败坏地抱怨他。后来他便听出来了,哪些是假的,哪些是真的,哪些又是半真半假的,这么多年来,他已经能从她同样的"离婚"俩字里辨别出不同的意思来。够了,他觉得累。

目的地是 F 市,他们的儿子在那儿,正读大学,很快就要毕业,如果他们的旅行能够顺利进行的话,第二天正好去参加儿子的毕业典礼。

关于他们离婚,儿子也知道,在电话里告诉儿子,对方没有说什么,只是长长地舒了口气,好像处在婚姻中的是他,有种解脱的意思。这跟他们接到儿子毕业典礼的电话是一样的,两个人也不约而同舒了口气,仿佛三个人共同完成的某项竞赛终于到达了终点。

他在下午三点到达 F 市的高铁站,这个城市他只来过两次,一次是送儿子来报到,一次是出差。没什么印象,只觉得人多,嘈杂。

他在出站口抽了支烟,其间有六七个推销旅游或宾馆的人来搭讪,还有一个不由分说提着他的行李就要领路的。他像拔河比赛那样才将行李夺回来,她就出现了。不知道她是不是跟他坐的同一班车,还是从别的城市赶过来,立在她身旁的半人高的旅行箱,标示它刚从一段旅行中结束,或者即将开始新的旅程。

他和她向前走,刚刚与他拔河的男人紧跟其后,不厌其烦地讲述宾馆的种种优点:干净、大床房、大窗、含早餐、便宜……全市找不到这么便宜干净的宾馆了……你们反正要住宾馆的对不对……我们有车接送,车就在前面……

…………

他一句都没听进去,但他也没有和她说话,所以看起来倒像在聚精会神听男人介绍。

走完几个台阶,他开始加快步伐,想快点离开广场。她旅行箱底座上的小轮子也发出表示快速的声音,呼哧呼哧,像轮子之间进行比赛。身后男人的语速也在加快,有一瞬间,他觉得男人嘴里有无数个小轮子。

去哪儿?他扭头问她。

先找个地方住下再说吧。她的话音刚落,旅行箱和包就被那个男人拎过去——几乎是抢——一一塞进一辆面包车里。

他们愣了一下,但都没有拒绝,任由身体也被塞进了面包车。也好,省得麻烦,他想。

面包车一路呼啸,向着他们所不知道的方向行进着。他觉得这一刻挺有意思的,陌生的城市、面包车、男人,还有即将成为前妻的女人……

他看向窗外,城市以千篇一律的面貌呈现在面前,说真的,他不喜欢城市,不喜欢这所谓的繁华。他喜欢的是草原,是沙漠,喜欢苍凉和辽阔。而她则相反,她喜欢古镇,亭台楼榭,小桥流水,喜欢精致和流光溢彩。那是人待的地方吗?她总以这样的话抨击他。

行李也是男人提下来的,男人力气大,动作敏捷,很快就按要求将他们领进两个紧靠的单间里。

他把门关上,从行李箱里掏出枕头——他常年失眠,换地方睡觉没有自己的枕头躺着都是件难事。脑袋刚陷进枕头,她就来敲门了,说想出去走一走。

他眉头皱了一下,把"我想歇会儿"几个字用舌头卷进肚子里,极不情愿地将身子从床上拔出来。他知道,这时候需要一点配合精神,像两个双打运动员,已经进入最后的冲刺阶段了。

出门才走几步,他发现自己的手机忘记拿了。迟疑了一下,憋着没说,继续走。他不想再被她教育一顿。

路在前方出现了分岔口,有三条道,直杵杵地向前伸展。

走哪条?她问。

随便。他说。

你永远这样,没有主见。她嘴角一挑。

因为你太有主见了。他在心里回复。

唉,真是过够了。她若无其事地说了一句。

快了,马上不就离婚了吗。这句话仍是他在心里回击的。

她快步走到路边卖莲蓬的摊贩旁,挑挑拣拣买了一只莲蓬,顺便向其打听路。她把莲蓬别在臂弯里,脸上堆满观音老母般的慈祥笑容。问完路,她向他走来,他已经不习惯她面带笑容的样子了,正愁虑着,笑容"咔"地就不见了,像闸门关闭。他觉得她的脸就是一扇百叶窗,一拉,阳光四射;再一拉,黑暗笼罩。

他们沿着最右边的那条路向前,据说,途中可以看见城墙、古镇,会经过两条河岸,几座拱桥,最后——如果天没黑透的话——还能看见远处起伏的大山。

她走在前面,他在她的右后方,行人有时从他们中间穿过,有时又将他们挤到一侧,她一边走一边剥莲蓬——他想不出那玩意儿有什么好吃的,苦兮兮的,还费事。她一直有边走路边吃零食的习惯,为此从前两人没少吵过,他认为女人应该端庄,边走边吃有失端庄。而她则认为这是女人的天性,再说,做自己,让端庄见鬼去吧。

现在,她做回了自己。也好。

很快就看见了城墙,锯齿似的墙体对天空有种割裂感。他学的是建筑,从事建筑设计,但城市的建筑几乎无须设计,只要将相关数据代入公式即可,国人似乎只看重建筑的使用功能,价廉,物美不美无所谓,对于美观,几乎毫无要求。与人们对待婚姻几乎相反,美则可矣。他去往不同的城市,最爱看的就是建筑,看完又感到愤愤不平,每一座建筑物都缺乏生机和灵魂。他十分沮丧,曾和她交谈过自己的感受,后者很不屑地看着他,回击一句:那你去没有建筑、没有人的大西北好了。

城墙上有几对情侣在拍婚纱照，引来行人驻足观望，看的人越多，情侣们脸上就洋溢着"世界上最幸福的"笑容，他们似有似无地看着远处，身体僵硬地靠在城墙上。不知道人们为什么选择城墙作为拍摄背景，难道象征着坚固和永恒？他转身离开，突然遇见了她的目光，两人迅速对视了一眼，他明白那一眼的意思，是过来人的心知肚明——每当看到新人结婚或情侣们发誓，他们都会心照不宣，哼，发誓吧，你们很快就会厌烦彼此的。

路瘦了几分，不知道它的尽头会是什么，他倒希望路的尽头是荒漠或草原呢。

他们也曾有过几次潦草的旅行，她对他喜欢的景致总是嗤之以鼻。真搞不懂你们这些人……她习惯以这样的句式开始一段抱怨，他不知道她为什么喜欢用"你们"二字，那是一个隔山隔水的称呼，他感到一种孤独，一种被排挤在外的疏离感。最后一次一起旅行是去她向往的 C 市，因为那里有若干明星投资的美食店。可能是他没有表现出一副兴致盎然的样子，她和他在路上争吵起来。在回宾馆的时候，又逢末班车，公交车十分拥挤，她提议两人分别从前后两个门挤上去，她从前门，他从后门。他点头同意。她很快就挤上车了，迅速找到一个空当站好，而这时他才发现，从后门根本无法上车，下车的人像潮水涌出来，并且，后门不允许上客。等他冲到前门，车门关上了，公交车在驶离站台的那一刻，他瞥见了她的脸,仿佛带着嘲讽和得意离去了。

他们继续向前,这回他在前,她在后。他不明白为什么此时不各自躺在床上歇一歇,非要出来走一走呢,两个人实在是无话可说。这几年来,他们早已是这种状态,能不需要对话的尽量省去。他想起近两次的性生活——当然也是很久之前的事了——是谁先主动的已不记得,大概也是为了缓和一下关系,两个人就这样默不作声地进行着,因为关着灯,看不见彼此,只听见鼻子里克制的喘息声。他感到她应该是闭着眼睛的,咬着牙,脸上的肉正僵成一小块一小块,那一瞬间,他感到十分无趣,恍若自己是一头骡子,正被蒙上眼睛循环往复地拉磨。

过了拱桥就是古镇了,一条颜色匪夷所思的小河环绕着古镇,像是刻意区别开来的舞台,河这边是现代建筑,玻璃幕墙、钢结构,以及大理石;河那边是古镇,如同舞台剧布景。如今每个城市都打造出一个古镇,每个古镇都那么地相似。古镇不古,反而很新,是一种崭新的古色古香——仿古砖、塑钢窗、带有清晰木纹的塑料栏杆、面包砖,等等,还有一些穿着唐装汉服的人行走其间,十分怪异。

路边有卖小玩意儿的,还有卖糕点和糖葫芦的,一个女孩站在糖葫芦摊前问,糖葫芦甜不甜?卖主说,甜呢,甜得很呢。女孩嘟着嘴,说,那就不酸咯,不酸不好吃。卖主又连忙说,也酸哦,酸甜酸甜的呢。他听到卖主的话,心里想笑,觉得这很有禅意。

河面上传来歌声，船娘朝着他们唱起了歌，当他们走下桥，歌声立即止住了，桥上再出现游人时，歌声又起来了。原来这也是一场表演。他感到有些不适，因为自己也被动参与到这场表演当中。

他们没有在古镇停留，穿过一条宽阔的石板路直接爬上了河岸。这里的视野开阔很多，甚至有了一点居高临下的意思，再回头看古镇，有种恍若隔世之感，咿咿呀呀的歌声忽隐忽现，混杂在一种难以描述的喧嚣里。他想，谁的人生不是一场表演呢。

河水滔滔，有节奏地拍打着堤岸，路面宽了，行人寥寥无几。有一阵，他们并肩走着，仅仅是一瞬间，便感到一种不自在或违和感，迅速又变成前后关系。在他们还没分居之前，也有过一段这样的日子，他们不习惯同时待在一个屋子里，他如果在客厅，她便躲在卧室里；她如果在阳台，他也离得远远的。后来她突然对植物产生兴趣，家里到处都堆放着各种花盆和绿植，他们都低估了植物的繁衍能力，那些藤蔓疯了似的占据了原本不太大的屋子。她每天将花盆调来移去，还有一些再也动不了了，像雨棚一样在餐厅里形成一大片浓荫。有天夜里，他感到胸闷，觉得窗台上的绿萝正向他游移而来，每一片叶子都在膨胀，像手掌一样压得他喘不过气。他从卧室跌跌撞撞跑出来，发现她正在移植几盆多肉，昏黄的灯光映照得她面如土色，他从花盆与植物的间隙弹跳着过去，她也惊慌地站起来，由于空间实在太小，他们都很茫然，不知道自己的脚该落在哪儿。

夏天到来后，她常常在家光着身体，倒不是勾引或诱惑，这两个词在他们之间早已没有了意义，而是对生活的一种坦然或放肆。她的身材已完全走样，后背很宽，臀部的肉耷拉下来，屁股扁平，乳头又黑又大，乳房像两只空面袋一样呈八字形挂在胸前。他仿佛第一次见到这具身体似的，或者说，第一次在白天堂而皇之地看着她赤身裸体地从他眼前经过。

那段时间她总是待在卫生间里，不知道从哪儿搞来的中医养生药粉，每天认真且繁复地洗着"下面"。他之所以用这个笼统而含混的词代替，是因为拒绝提起她身体的某个部位。洗完后，她把白色毛巾晾在阳台的衣架上，又返回卫生间。他用目光狠狠地逼视过去，无奈却被她躲闪掉了。他不明白这块毛巾象征的意义，挑衅，还是嘲讽？

后来他也常常在洗完澡后不立即穿上衣服，不是为了报复或对抗，而是懒，是放弃。有一次，他要进卫生间，她正好从里面出来，很显然，彼此都被对方惨白而松弛的身体吓到了，悲愤、羞涩、感慨、惊讶、憎恶……瞬间迸发了，他不知道一位优秀的演员是否能将这些情绪同时倾巢而出。他很怀念从前彼此羞涩的关系，他知道她身体的每个秘密，但仍然为此感到脸红或心动。他们只在昏黄的灯光下，在澄明的月色中，在黎明到来之前，赤身裸体地抱在一起，那时的裸体充满的是爱和性，而后来的裸体则是不屑和鄙视。也许生活的残忍之处就是这样，将一些朦胧的部分剔除得干干净净。

他们已经走到尽头了，堤岸在这里断开，眼前的河面烟波浩渺，泛着细碎的水波，他没料到拥挤喧闹的古镇后面会有这样一幅开阔的景象。

那是山吧。她指着远处说。

他将目光调遣过去，那是离他们很远很远的地方，黛色的山体棱角分明。当他再仔细分辨时，才发现那并不是山，而是楼群。这个发现让他很颓丧，他没有告诉她，因为她已经对着那些层层叠叠的灰暗色感叹了。他长长呼了口气，不知道是不是他们走错了，没有到达卖莲蓬的人说的可以看见大山的地方，还是那原本就是楼群，别人误以为是山了。他没有感到特别欣喜或特别悲伤，也许正是这真真假假、虚虚实实的部分，才组成了这个复杂的世界。

路上已看不到别的游客，她伏在一截栏杆上，专心致志地看一只蜗牛爬行——扁圆的壳被顶了起来，蜗牛半透明的身子在水泥地面拉出一道莹亮的线，长长的，似乎很费力的样子。

天色暗了，他不敢催她离开，他已经想好了，平平安安顺顺利利完成旅行就好。所以他也蹲下来，目不转睛地看着，好像两个人千里奔波就是为了来看这只蜗牛的爬行。

往回走的时候，起雾了，水汽咄咄逼人，他们并没有因此而加快脚步，相反，都感到一种轻松的快意。雾气缥缈，把世界的色彩一层层减淡。

不知道究竟是在哪一年开始的,他的生活热情也在逐渐减淡,一年比一年令他无精打采。或许,她也是这样,从前似乎有使不完的劲儿,有无数的主意和想法。那时他们结婚不久,他下班回家便发现家中的餐桌挪移了位置,沙发换到了电视柜的地方,书房和卧室对调了。还有一次他出差回来,十分错愕,发现浴缸正卧在阳台上。她说她喜欢新鲜的感觉,她把所有的精力都投入到制造新鲜的事情当中。

然而,她的狂盛的生活热情似乎冒犯了他,奇怪的是,居然也冒犯了她自己。他们常常为此争吵不休,她觉得他有气无力,他则觉得她过于用力。很快,她的精力便转移到其他地方,比如,他捡回一只流浪狗,她立即在淘宝上买回两只猫。她明明知道他不喜欢猫,甚至有些害怕,那些日子他休年假在家,每天处理三个小东西的屎尿令他烦不胜烦。他感到她是在和他较劲和对抗。

整个秋天都是剑拔弩张的状态,他们把所有的精力都用在争吵上。那年冬天,他就有了外遇,一个体育老师,他都不知道和体育老师是怎么认识的,怎么就走到了一起,但很快就分开了,他受不了体育老师每天一副昂扬澎湃的样子。她和她有相似之处,都有满溢的生活热情,他也是她们热情的一部分。再后来他和单位的一个女同事走得很近,那是一个看起来黛玉式的女孩,说话时喜欢咬着下嘴唇,一副坚定义无反顾的样子。她问他,爱她吗?他说爱。女孩又问,真爱吗?他"嗯嗯"两声。女孩又说,我要真的爱,你敢吗?他对她咬牙切齿的样子厌烦了，害怕回答她种种虚无缥缈的问题。他觉得很累，爱不动。他无比讨厌"爱"字。

后来几年，他和她之间突然不吵架了，吵架的高潮早已成为过去，并不是他们的关系融洽了，而正相反，像 cot 函数图象，由高处向下跌落。她开始学古琴，潺潺的琴音常常在清晨响起，使得他一天都精神不振。再后来她去学画，学轮滑，学跳舞——傍晚的时候赶往一个个地下舞厅，和一些大爷大妈混在一起。他看过她跳舞，只和女人跳——她还不习惯和一个陌生男人相拥。但两个身形臃肿的女人抱在一起，十分怪异。他仿佛第一次发现她胖了，那种对自身的放纵，他觉得是某种热情在她身上的逐渐隐退和消失而引起。她频繁出入舞厅，有时连鞋都不换，趿拉着一双棉拖鞋就去了，在人群中，显得心不在焉，表情木讷。她好像并不那么热衷这件事，只是喜欢待在人群里似的。

他们很快便穿过古镇，傍晚热闹的场景不见了，河水深沉，倒映着两岸睡眼惺忪的昏黄路灯。他和她走得有点近，但仍在她的后面，路灯一会儿将影子送到前面，一会儿又逼到他的脚下。他觉得自己一直是踢着她的脑袋在走路。

他们之间有过一次动手的战争，起初的原因已经记不得了，那段时间他非常苦闷，鉴于自己是个不喜欢倾诉的人，便在日记里偶尔发泄一下，他用"她"代替她的名字，一段时间下来，他无论在哪儿，只要一看见"她"字，都会感到无比悲哀和厌烦。一次他看到她买回的花盆上都贴着一张标签：

"她的花店"。"她"字经过特意修饰了,微软雅黑,空心体,他难以相信这居然可以作为一个店名,恼怒、愤懑,他毫不犹豫地用脚踢翻了它们。后来的情况也可想而知,当他刚坐到书桌前,她便搬起一个大花盆,用力扣在他的脑袋上。焦黑的泥土从头上倾泻而下,花盆在脑袋上岿然不动,额头和鼻子都流血了,热乎乎的,他闭着眼睛,屏住呼吸,忍受着泥沙俱下的声音。

他不知道他们怎么就走到这一步的,世界上最牛×的数学家都无法推算出这样的结果。他常常梦见自己坐船过江,总是到达江心时,马达坏了,岸遥不可及,他回不去,也到不了前方。醒来后总感到一阵悲凉,那种被搁置的感觉身临其境。他不知道她是否做过相似的梦,有一次他听见她说梦话,你去死吧。她反复平静地说着这句。他吓了一跳,不知道这个"你"是不是自己,总之,他感到心里凉飕飕的。现在好了,他们即将从婚姻里解放出来,过杆,落地——他似乎已经听到自己落回地面的声音。

经过城墙,路灯隐隐约约,似乎刻意要营造一种神秘或庄重的气氛,他们一前一后地走着,鞋底打出的声音疲惫不堪。从城墙一端走出来,突然,两个人都愣住了,他们发觉这似乎不是来时的路,因为他们都记得城墙这头连接着一个广场。

他们不假思索地往回走,试图从另一侧走走看,但很快,她便提出疑问,因为现在所见的城墙比来时见到的高多了。

也就是说,路依然是不对的。

不知道这个城市里有多少城墙,城墙又是怎样地进行逶迤延伸的。据他分析,城墙可能不仅仅只有一段,或许有好几段,像花瓣一样向四处交错重叠。

也就在这个时候,他们才发现另一件事情——他们都没有去记宾馆的名字,他们的口袋里除了两张被磨得全白的房卡外,什么都没有,没有手机,没有联系方式,更没有印有宾馆地址的名片。

他们不得不往回走,试图通过回忆寻找来时的路。两个人一遍遍地从古镇出发,向城墙前进,但到达那儿,仍然是错误的,像是一道玄妙又错综复杂的难题,他们想尽了解决办法,最终仍无答案。这个夜晚他们像运动员一样,不停地退到古镇,再一次次出发,直到远处的霓虹灯逐渐熄灭,黑暗越来越浓。

他简直难以相信,在他们热恋的时候,曾有一次去看流星雨(当然什么也没看到),那时候他们撇下一间舒适的大床房在黑夜里相拥到天亮。

而此刻,他们站在城墙下面,却无比想念那个不知名的宾馆里的床。这个城市跟他们开了一个不大不小的玩笑,他们的手机、钱包、衣服,以及他难以割舍的枕头都被搜刮而去。他抬起头,因为正站在情侣拍照的城墙下,他想,象征着坚固或者永恒的究竟是什么呢?他差点笑起来,突然有种说不出的解脱,比那个即将到来的过杆,落地,更让他感到轻松。

　　一团一团的雾升起来,在黑暗中扩散,弥漫,升腾。很奇怪的是,黑暗中他什么都看不清,唯独能看清白色的雾在四周慢慢涌动。

海水深蓝

1

站在废弃的灯塔上可以望见太平洋的一部分，这处的海湾呈锯齿状，越过海边的石崖可以看见远处的岩手山。一到傍晚，落日被群山挡住，灯塔附近一派荫翳。天空高渺，云层低垂，海平线上的云朵笼罩着淡紫的阳光。海鸟在水面低翔，它们鼓动着双翼，眼看就要俯冲下来，却在贴近海面时迅疾偏离出去，身子在水上滑出一道漂亮的弧线，溅起白色水花，为黄昏阴霾的景色画上一道银白。

没有雾霭时，海里的岛屿历历在目。其间，还可以看到鹰嘴倒勾形的模样。近处的岛上有一小片松林，朝向海岸的这侧，高耸的岩壁沾满鱼鹰的白色粪便。被山峦遮挡的石崖的南侧没有风，海面因没有阳光照耀而呈墨蓝色，海水沉郁，一副满怀心事的样子。只有在起风时,波涛轰轰地扑打岩石,墨蓝色里炸裂出无数白色浪花。

QIU 坐在岩石上数着涛声,1001 下,1002 下……1010 的时候他起身跳下岩石。这个数字并没什么特殊意义,他习惯数。浪花被一层层推上岸,像是带着海底无数的秘密。

QIU 跳上小船,那种从渔民处买来的小舢板,有桨,还有动力不错的小发动机。两头尖尖的,质地很轻,稍一用力就能将它倒扣在肩上。舢板仅容两三个人,对 QIU 来说,大小正好。

他要去欢岛,欢岛离岸最远,即使刮起西风,雾霭被吹尽,也无法从岸上看见。欢岛的名字是 QIU 取的,田野畑村的人对那些没有名字的岛一律称作荒岛。的确,欢岛上除了高高低低的石头外,连鸟的粪便都看不到。

QIU 停下桨,回望岸边,已经看不到岸和其他岛屿了,大海一片平静,远处的水面闪耀着银白色光芒,鱼儿在跳跃,它们似乎陶醉在无限的欢乐之中。QIU 跳入海里,他知道自己无法像鱼儿那样欢快。

他的身子徐徐下沉,一条金枪鱼从腋下穿过。当然,常常不是一条鱼,而是一群,挑衅般成群结队地游行。

阳光被水折射成无数个星星,在眼前不断地闪烁、耀动。海底泛着明亮的光,没有光的那一面,影子缩成一团。QIU 慢慢潜行,睁大眼睛,在珊瑚礁和沙地里寻找着什么。突然,那双眼睛又出现了,正躲在珊瑚礁后面看着他。一开始他以为是光斑,再看时却不见了,原来眼睛调皮地躲到珊瑚礁的另一侧。他觉得眼睛在笑,因为它变得弯弯的。他从后面绕过去,便看见她瘦小的身子,穿着蕾丝裙,白色。她的皮肤也很白,仿佛透明,抱住珊瑚的胳膊又细又长。她还不知道他在身后,所以脑袋正向前探看呢。似乎听见她在笑,咯咯咯,那种七八岁小女孩才有的奶声奶气。他悄悄向她靠拢,趁她没回过头来从后面用力抱住。

他不知道是不是自己用力过猛,他抱了个虚空,怀里除了微生物产生的一串水泡外什么也没有。他很沮丧,整个身子瘫在珊瑚旁,眼泪不自觉地流出来,又被潜水镜死死兜住。

他从海底的沉沙里发现了半个壁灯。壁灯呈菠萝状,灯泡没了,最上端叶子的部分破碎了,突兀地张着大口。

这三年他打捞了不少被海啸卷走的东西,书、帽子、相册、球、钱包、邮票,有一次看见漂浮在海面的一只凳腿,他也将它送到了档案馆。档案馆在下闭伊郡,海啸后第二年建的,蓝色的轻钢结构板房,附近的人习惯称它为蓝房子。

蓝房子里的工作人员起初不肯接受,认为一只凳腿不太具有缅怀和纪念的价值,担心不会被认领。后来勉强收下,并说如果三个月内无人认领的话将自行处理,毕竟这儿空间有限,容不下那么多不明所以的物件。然而,等他第二周再去时,凳腿不见了,据说被一个拄着拐杖的奶奶领走了,奶奶认得它,她说一定不会错的,因为那是她梳妆台的一部分。

他在欢岛上休息片刻,舢板系在一块柱形石头上。岛不大，却有不少诸如凳腿之类不易被收留的物件——几块木板、半个皮球、轮胎、空酒瓶、灯泡,等等。这里成了他一个人的档案馆。

QIU躺在沙石上,回想刚刚的眼睛和白裙。他曾在海底看见她们,不止一次,他和蓝房子里的人说起过,说海啸发生时妻子还给他发来信息,她正和女儿在一起,她们很害怕。那是她们的最后一条信息。对方安静地听他说完,两小截眉毛聚拢在一起,问他需不需要心理医生,并起身为他冲泡了一杯茶。

天边涌起浓云,天空笼罩在无限苍凉的静寂之中。云层下面,浩瀚的海水仿佛要向他涌来,海比陆地更加广大,辽阔无边,似乎连海湾也无法扼住这片海面。

2

QIU每个周末都去潜海,遇上恶劣天气就在岩洞里坐一坐。他见过愤怒的大海,每一股情绪都包藏在前赴后继的浪涛之中。

他将壁灯送到蓝房子,工作人员向他耸耸肩。那是一个剪着齐耳短发的女孩,圆脸,手肉嘟嘟的。她对着壁灯琢磨了片刻,不太情愿收下了,把它放在进门的地方,在标签上写上打捞时间和地点。

蓝房子在田野畑村的东边,一条石子路顺着山坡而上。

QIU 每周都来，将从海里打捞的东西送到这儿，再顺便看看新增添的。绳子上多了一些照片，它们被分装在塑料袋里，再用夹子夹在绳子上。照片被海水侵蚀，人脸都模糊了，像是被谁刻意涂抹掉似的。有全家合照，照片上的人笑得很开心，镜头外的摄像师见证了他们的幸福时刻；也有证件照，头发梳得一丝不苟，古板、拘谨地坐着；还有用于学生证上的照片，人脸都看不清了，只剩洁白的牙齿。他一张张地看过去，没有她们。

从蓝房子出来，天已经暗了，远处有隐约的亮色。地上湿湿的，似乎不久前刚刚下过一场小雨。树叶落了一些，补丁一样地贴在地上。

他从斜坡下去，没有直接从鱼骨巷往回走，而是拐个弯从小石桥经过，又在团子店停下，买了两个团子。团子有红豆沙馅和黑芝麻馅，他喜欢芝麻的，而她们喜欢豆沙的。记得有一年去一关市，遇见郭公团子店。那店很有意思，店铺和顾客取货区分别在岩美溪两侧，店铺较高，两地之间用一绳子连接，绳子上挂一篮子，如果你要吃团子，就等着篮子滑到取货区时将钱放进去，再用小锤敲篮子边上的木板，店员就会把篮子拉回店里。过一会儿，篮子顺着绳子飞来了，只不过里面的钱变成绿茶和"郭公团子"。篮子飞来的瞬间，她兴奋得尖叫，那时她还被抱在怀里，小脸比团子大不了多少呢。

他在石阶上坐下，拿出团子，咬了一小口。豆沙馅很甜。

他望着对面小楼，灰色的墙壁已被青藤覆盖，每一片叶子都被雨水洗得发亮,叶片很厚,有种脆脆的质地,风吹过,发出拍手的响声。青藤的间隙里有一扇小窗,半开着,窗帘一动不动。有钢琴声从窗帘后面飘出来。

他咬了一口团子,琴声轻轻的,像雨点落在叶子上。他将身子倚着墙壁,闭上眼睛,琴声清冷如钢珠,历历分明。

他吸了下鼻子,继续咬着团子。很甜,和芝麻馅是不一样的甜,也不一样的感觉。豆沙绵绵的、细细的,像海沙,在口腔里荡漾开来,最后,又像被海浪冲走,只留下甜意。

琴声徐徐,舒缓,飘逸,如雨雾,又如雨滴,清亮的,从高处落下,像要穿透什么。最后一滴雨滴落下后,他睁开眼睛,天已经黑透,路灯竭尽所能地照耀着,灯光将路面切割成一小段一小段。

一只狗坐在路灯下,怅惘地看着他。这是一只秋田犬,眼睛看起来十分忧郁。他把剩下的团子丢在地上,唤它过来。它故意不看他,倔强地望着远处。半响,才摇着尾巴走来,嗅了嗅团子,慢慢叼回路灯下。

这样的狗村里还有几只,一只是巴哥,脸黑黑的,扁平,像被谁一掌推进去,鼻子皱皱的,看起来总像在生气;还有一只金毛,身上的毛都打结了,也不让人靠近,每天在村里游荡。它们都不知道自己的主人去了哪儿。

秋田犬吃完团子,又到刚刚丢团子的地方嗅嗅,它抬头看 QIU,眼睛仍然是忧郁的,然后悻悻地回到原处。QIU 离开时,它仍然一动不动地坐着,目光一直把他送出很远。

3

低矮的山崖上面有一片墓地，涨潮时海水逼近崖下，如果在黎明或黄昏的暗淡光线里望去，白色墓碑宛如海港停泊着众多白色帆船。这些不再鼓浪航行的船帆，在长久的休憩里，化作了凝重下垂的岩石。好像铁锚深深刺入黑暗岩土，再也不会起锚航行了。

QIU 向墓地眺望，脖子酸了，才转过脸来。他也想给她们立个碑。

太阳从海面升起，一跃出云层，阳光便满含愤怒般灼热。已经秋天了，这样的太阳让人感到恍惚和无所适从。

他从海里爬上小舢板时正是晌午，阳光辣辣的如芒刺，使人睁不开眼。QIU 闭上眼睛，躺下，海浪轻轻拍着，他感到身子微微起伏。有时是一条大鱼，突然撞在舢板上。不知过去多久了，等他睁开眼睛，顿时被头顶的深蓝天空震惊了。他知道，身下也是深蓝的海水，世界统一成一种色调。

他坐起来，海面与天空在远处相连，欢岛已经离他很远了，依稀看见它牛背似的轮廓。

在离欢岛两三百米远时，他看见岛上多了一个黑黑的东西。QIU 心里一紧，加快速度，眼睛一眨不眨盯着那团黑色。

如果没有猜错的话，黑黑的应该是人，那人穿着黑色衣服，正趴在岸边，由于被海水打湿，在太阳的照耀下泛着某种奇怪的光泽。

离岛越近，QIU 越坚定自己的猜测。黑色一动不动，伏在岩石上，还有一部分淹没在水里。这是他第一次在岛上遇见人。他的心跳加快。

终于看清了，他没有料到，那团黑色不是人，竟然是一架钢琴。它孤傲地躺在岩缝里。

QIU 跳上岛，用力拖拽钢琴，使尽全力，钢琴仍纹丝不动。整个下午，他所有的时间都在对付这架钢琴了。不管是从上面拖拽还是从下面托举，一点松动都没有，琴身被岩石咬得死死的。他把手伸进翻盖，弹了几个键，完全走音，很难想象是从一架钢琴里发出的响声。他想起蓝房子里的那支尺八，背面的按孔里被什么堵上了，一直没清理掉，后来它的主人来认领，试着吹了很久，尺八只发出断断续续的两声，像是哽咽。

这天他比以往更早回到岸上，尽管什么都没打捞上来，他仍然去了趟蓝房子，向那个圆脸短发的女孩说了钢琴的事，对方聚精会神地听完，立即给打捞队拨去电话。

蓝房子里有不少人，来自岩泉町和普太村的，还有从更远的青森县赶来的。人们在照片前一张张看着，面色凝重。他也转了一圈，突然发现那个壁灯不见了。他问小女孩，对方回说是上周被认领走了。再问是谁时，女孩已经去忙别的事了。其实，他并不关心被谁领走，没有人会错领的，尤其是那种没什么怀念价值并且残破不堪的东西。只是因为是他从海底打捞上来的，好像与自己有了一点奇妙的关联。

他买了几个团子去青藤的窗下，秋田犬正端坐在路灯杆旁。他分了一半团子给它，这次它没有犹豫，摇着尾巴就过来了。QIU喊它团子，团子，狗没抬头，囫囵吃着，QIU又把剩下的团子喂给它。这时，钢琴声响起，QIU愣了一下，站直身子，没有像以往那样坐在石阶上，而是轻轻推开那扇快被青藤遮掩的木门。

门没锁，和窗户一样半开着。门内是一小院，院内种了两株矮石榴树，石榴树下有一个不大的水池，被雏菊覆盖了大半。

楼梯隐在一侧，拾级而上，就到达传出钢琴声的二楼了。

弹琴的是秋野先生，七十多岁，后脑勺的头发稀疏苍白。他是个建筑师，退休后和妻子一直在田野畑村生活，三年前，妻子死于那场海啸。

琴声从指间流淌而出，深沉，婉转，而不失激昂，犹如溪水在石头上跳跃，又像飞瀑撞击着岩石。QIU的眼睛湿润了，水雾迷蒙，看不清眼前的景象。他努力从灰色窗帘向外看，外面的一切像失了焦，不真实。这种恍惚感使他仿佛回到了三年前，一切都是美好的样子，他感到自己的嘴角在上扬，慢慢做出那个生硬又陌生的微笑。

此刻的时间不是向前走，而是往回奔跑，三年前，四年前，五年前——那年他们一家三口刚来到日本，住在离东京四个小时车程的田野畑村，他的工作尽管很忙，但每周至少拥有两天轻松的时光。每个周末他们都会出游，逛公园，看电影，或者去海边。海湾青碧且明净，红藻包裹的圆形的岩石，在没有波浪侵扰的时候,清晰地浮现于水面之上。一大一小两个女人在沙滩上追逐,跑累了,她们便躺下来,海滩留下一片人体般大小濡湿的沙子。QIU 总是看着远处,心情很舒畅,山间色彩无限,明亮的天空映着彩霞,墨绿的松林和低低的白云几乎融在一起。近处,石崖上的松树树干已经看不出原本的褐色,上面爬满了石斛、苔藓和蕨类,泛着深浅不一的绿。

阳光如瀑,无声地倾泻,落在头顶,落在肩上,落在他眨得轻快的眼皮上。他仰起头,感受着这一切,却发现倾泻而下的不是阳光,而是雨水,雨水洒在身上,落在脸上。眼前模糊了。

琴声戛然而止,一曲结束了,他仿佛从远处奔跑而来,幸福,疲惫,眼睛里蓄满雨水。

4

他混混沌沌站起来,发觉正在一个陌生的环境里。这是 QIU 第一次来到这儿,他觉得自己有点冒失,刚要表示歉意,秋野先生说话了,如果喜欢听琴,可以经常过来。

啊,谢谢秋野先生。他鞠了躬,有些意外。在他转身要离开时,突然看见那盏壁灯,就是他送到蓝房子的那盏,不会错的,他记得菠萝的上面破碎了。

壁灯放在桌子上,正对着桌子的墙壁有一段电线,很显然,这是壁灯原来的位置。QIU 指了指壁灯,说前不久在蓝房子里见过它。

秋野先生告诉 QIU，这是他前天去认领的，他很惊喜它被打捞上来，壁灯是他和妻子结婚时购买的，那时菠萝还是完好的，上面的叶子很逼真，灯光照在上面，还能看到叶茎的纹路。

QIU 笑了笑，虽然没说这是自己打捞上来的，但心里很满足。他向秋野先生道了谢便匆匆往门外走去。快到门口时，秋野先生叫住他，他站在楼梯口向下看，半晌才说了句，我的妻子也喜欢听琴，她最喜欢的钢琴曲，是《水边的阿狄丽娜》……

第二个周末、第三个周末，QIU 也来了。他从欢岛回到岸上刚好是傍晚，秋野先生的琴声将会在那个时候响起。从前 QIU 坐在下面的石阶上聆听，现在，秋野先生邀请他到楼上来。

钢琴在二楼一角，弹琴时秋野先生背对着他。秋野先生很瘦，穿一灰色棉麻短衫，背很直，只有在走路时才会发现他的腿不太好，秋野先生指着右腿说，就是那年弄坏的。不过，他停了停说，那一次它可是救了我的。

QIU 坐在沙发上，他已经不那么拘谨了，闭着眼睛，听秋野先生的钢琴弹奏，常常从夕阳很高一直到黑夜降临，秋野先生弹琴的时间越来越长，并且，QIU 发觉秋野先生会等他到来才开始弹琴。

从海里打捞来的壁灯已经回到墙壁原来的位置，QIU 为秋野先生安装的，这对他来说是件小事，他把灯泡换了，接上电源，菠萝发出鹅黄的光。

傍晚的阳光照进窗户，投射出小船形状的光斑，在地板上缓缓滑过。直到屋内光线有些昏暗，菠萝灯点亮，QIU 才从沙发上起身。他们很少说话,琴声填补了空白。

那架被海水冲上岸的钢琴仍然卡在岩缝里,QIU 担心会被海水卷走。专业打捞队那儿还没准确消息,据说他们现在正在福冈市。有一次,QIU 带去两根撬棒和绳子到欢岛,希望借助外力让钢琴上岸,但仍未成功,当然,他也不敢硬来,害怕弄坏钢琴。他想,或许专业打捞队有更好的办法吧。

QIU 向秋野先生讲述钢琴的事。秋野先生眼睛直视着前方,半晌才说,那架琴……一定经历了很多……他把手放在琴键上,悬在那儿,突然想起什么似的转脸问 QIU,春山桥那边的安藤先生还好吗?他上次在蓝房子里看见安藤先生,他刚刚生过一场病。

安藤先生是个喜欢戴礼帽的老头儿,很乐观、活泼,常常坐在桥头上晒太阳,有人经过时,他总是大声地打招呼,嗨,你一定是没吃饱饭吧,走路无精打采呢;嗨,上学迟到了吧小家伙;呃,太阳真是太毒啦。QIU 最近几次见到安藤先生,他没有戴帽子,脑袋光秃秃的,在太阳下十分醒目。

安藤先生还不错吧,昨天看见他在春山桥上呢。QIU 告诉秋野先生,他还看见那只巴哥也常跟着他,它的个头不大,走起路来像愤怒的拳击手。

村里的人越来越少,很多人搬离了,人们不愿再待在这儿,去了东京或大阪。国道朝海的那侧堆满建筑垃圾和残骸,岩井农场附近也砌了一些安置房,但很少有人愿意搬过去。

秋野先生也是住的原来的房子,幸好破损不大。门外的青藤是若干年前他妻子栽的,最茂盛时都爬上屋顶了。大前年被海水卷走后只留下光秃秃的根,但它还是活了下来,三年时间又变得葳蕤葱郁。秋野先生说自己需要的东西不多,这里什么都有,他不愿待在崭新却什么都没有的地方。

5

到第四个礼拜,打捞队那边来了消息,告知他们正在青森市的海边,一时半会儿还不能赶到田野畑村来。

被海水卷走的物件已经漂去很远了,据说今年,也就是2014年,将有2500吨残骸随洋流漂到加利福尼亚海岸。刚刚过去的春天,村里的山本先生还给美国华盛顿州阿伯丁市长比尔·辛普森写过一封信,因为山本先生收集的大量图书卡被海水卷走了,如果在阿伯丁市发现了它们,麻烦市长帮他寄回来。

QIU向秋野先生虔诚请教钢琴最基础的弹奏,他在纸上认真记下指法和每个琴键的发音:哆——哆——哆来咪——哆来咪发——哆来咪发唆拉西哆——

QIU每天傍晚都会准时赶来,又在周末赶到欢岛上。他把小舢板系好,在岛上走一圈,那些被打捞上来的无人认领的东西孤零零地躺在地上。他发现有一块木板上竟然长出了海草;还发现钢琴的琴箱里有一尾小鱼,QIU不知道鱼从哪儿钻进来的,或许是涨潮时进去的。它来来回回游动,有些惊慌失措，身体畏缩地紧贴转接器。QIU 想将它放回海里，但自己的手却伸不进去。这样折腾很久，索性放弃了，他想到了命运，很沮丧。他主宰不了自己或别人的命运，包括一条小鱼。

他轻轻地摁下琴键，啵——嘞——啵嘞唔——钢琴发出令人气馁的声音。更令他憋屈的是，为了能够摁下琴键，人不得不趴在钢琴上，他用一只手弹琴，另一只手抱着它，手累了，换另一只手。但很多时候，QIU 只是趴在上面，像一个无可奈何的孩子。有时，又感到一种莫名其妙的不满，他不满钢琴斜扣在岩石里；不满钢琴的走音；不满三年来还没找到她们；不满在他出差时，突然发生了这种事，而自己一个人却被撇到了一边。

阳光穿过云层，将他的身影浓重地印在钢琴上。他的脊背渗出了汗水，海风吹拂着额头，汗水闪着光亮，面颊热辣辣的。风息了，阳光朗朗地照着。他的肌肤被太阳晒得不能再黑了，一张脸就像被海风鞣熟了的皮子，连皱纹深处也被日光晒黑了。

云彩迅速地涌动，天空忽明忽暗，瞬息万变，含着不透明光线的半透明的云朵时时出现。但是，转眼之间就消泯了。

他猛地翻了个身，潜入水中。只有在海里，他才能感到舒服和希望，才能感到离她们很近，他的左腕上印着"QHE"的字母，那是他和她们的名字开头。

欢岛附近海水并不深，岩石凸起，在稍远的地方形成一个斜坡。越往下潜，越感到苍凉，看不到珊瑚和海草，海底仿佛是一片荒漠，连绵起伏。QIU 第一次看到这景象时很惊讶，他不知道这里发生了什么。但很快便接受了,甚至带着一点奇怪的喜欢。这种喜欢里藏着撕心裂肺的疼痛,让他想起沧海桑田、海枯石烂这样的词语。

记得有一次,秋野先生问他,为什么每周都去海里打捞?他愣了很长时间,不知道怎么回答,他低下头,肩膀下垂,像被什么无形的重物压着,很久之后他才用沙哑的声音回答,什么都不做会让人很沮丧。

他躺在空无一物的沙漠上,准确地说,是躺在空无一物的海底,泪水一点点渗出来。

6

一连好多天,天气十分糟糕,浪涛越过港口的防波堤,水沫高扬,海面上银浪翻滚。无法去到欢岛,QIU 便去秋野先生的二楼,闭上眼睛,感受着时间和琴声的缓缓流淌。琴声抚慰,只有在这时候,他才会感到一种舒展。

窗户被海风吹得咯吱作响,灯光摇曳不定,光影在墙上轻轻晃着。门外,大海就在不远处,阵阵轰鸣的海潮,似乎倾吐着一种自然的不安和力量。

秋野先生的腿和眼睛都越来越糟,如果只点亮壁灯,它的光线已不能使他的主人看见更多的东西,QIU 给壁灯换了更亮的灯泡,似乎也无济于事。

秋野先生没再去过蓝房子,因为那条坏腿已经走不了那么多路。QIU 便把蓝房子里新添的东西详细描述给秋野先生听,比如一个空的相框,照片已不知去向。相框边长为三十厘米,正方形,窄边,胡桃木……QIU 每说出一个特征秋野先生便欣喜一下,直到 QIU 说到相框是黑色的,秋野先生才叹了口气,他问 QIU,确定是黑色胡桃木而不是金丝胡桃木?

QIU 只帮秋野先生认领过一根拐杖,他妻子的,秋野先生拿到拐杖后很激动,一刻不停地握在手心里,混浊的眼泪从镜片后流出来。

春山桥上晒太阳的安藤老人摔断了腿,谁也不知道怎么搞的,阴雨天里他也跑到桥上来,村里人劝他回去,安藤老人皱着眉头说,唔,太阳很快就要出来,那时准要把人晒干呢;或者说,屋里真是太闷了,人都要长出霉点啦。腿断了后他仍然坐到外面,搬一把被屁股盘出包浆的藤椅,撑一把黑色雨伞,这时,巴哥就在他脚下,一大一小两张布满皱纹的脸目不转睛地看着路过的人。

连日雨水之后,气温降了不少,QIU 和秋野先生点上电炉,水汽袅袅而起,将眼前变得模糊不清。青藤的绿意从窗外涌入,带着一股湿意。起风了,叶子间的谈话开始,而屋内很安静。

除了弹琴,他们交流得不多,唯有一次因为海里的钢琴,他们面对面坐了很久。那是 QIU 将录了走音的钢琴声带给秋野先生听,啵——哗——惊——叮——叮——嗵——唔——秋野先生突然捂着脸啜泣起来,他的头低着,QIU 发现秋野先生的头发变得雪白,每根都硬硬的,仿佛压抑了很久的东西正慢慢渗透出来。好一会儿,秋野先生才将脸从手掌里抬离,声音一度哽咽,他对 QIU 说,又仿佛自言自语:钢琴它一定经历了很多……

那个傍晚,秋野先生破天荒地没有弹琴,他坐在沙发上,两眼空洞地望着窗外。他问 QIU 会不会离开这里,回你的家。QIU 摇摇头,说,不离开,因为自己的家人在这里——

经常梦见她们吗?秋野先生轻声问。

QIU 点了点头。

秋野先生握住他的手,手很凉。夜幕逐渐降临,他们缓慢而艰难地交谈着,好像每一个字都需要无穷的力量才能从身体里被解救出来。夜晚的静谧和对往事的回忆使他们感到无比精疲力尽,四只手交叠在一切,凉意和温暖彼此交融。

该回去了,QIU 站起来,慢慢向门外走去,他能想象出黑暗中秋野先生的神情。月亮出来了,月光像水一样洒在万物上,雏菊卷曲的叶子上有霜似的白色,昏黄的路灯在地上打出一片仿佛与世无关的光圈。两侧的树木漠然地看着他,或许有些嘲弄,月光透过枝干,洒得地上一摊白一摊黑。

突然,远处的小窗户里传来钢琴声,成串的音符仿佛是一队精灵,撒着脚丫向他奔跑而来。

7

那晚之后,QIU 病了一场,不知道是受了凉还是因为情绪的过度悲伤。

　　安藤先生去世了。有人说他不小心掉到了桥下，也有人说是他自己跳下去的，等救上来时，已经停止了呼吸。村里的人觉得这是迟早的事，因为安藤先生总是说他"早就活腻了"。巴哥每天仍去桥头，大概还不知道发生了什么。它在桥头迎来送往，有时跟在路人脚后面嗅很久，脖子抻得长长的，五官皱到一起。没嗅到熟悉的气息，再缩回脖子，怏怏往回走。

　　QIU 躺在榻榻米上，看着空荡荡的天花板。太阳的光影从地板慢慢爬上墙壁，又在墙壁上逐渐变淡，直至消失。到了晚上，外面的车灯有时会照进来，落在墙壁上。灯光似乎会留有痕迹，他发现几只蚂蚁正在光影旁走动——什么时候有蚂蚁的，蚂蚁又是怎么进来的，他并不知道，也不去关心。换作以往，他一定会第一次时间跳起来将它们干掉。但此时的 QIU 没有力气完成这些，相反，这群不速之客却吸引了他的注意，他看着蚂蚁瘦小又忙碌的身子，突然一阵感动，心想，这大概是屋里除他之外仅有的生命了吧。他翻了个身，以便更好地观看，QIU 伸出一根指头，蚂蚁们依次翻山越岭般从指头上经过，步履坚定，他感到一种微乎其微的、不易觉察的触碰。它们绕着光圈，乱窜觅食，却一步也不曾踏进光圈之内。后来，车灯熄灭，光线从他的视线里消失，蚂蚁们仍然避免进入，仿佛光线还存在于它们的视觉里。

　　直到第四天，他的身体才恢复了力气。蓝房子里的圆脸姑娘给他打来电话，告诉他打捞队将在一周后来到这里，那时候就可以去岛上把钢琴拯救回来了。圆脸女孩用了"拯救"一词，她的声音细细的，在说到"拯救"二字时加了重音。她说真不可思议，钢琴居然还在岸边哩。

比打捞队先到的是来自美国华盛顿州阿伯丁市的一个集装箱。集装箱里装满漂流过去的物品残骸，虽然没有发现山本先生收集的大量图书卡，但仍然打捞了不少书籍、照片、相框、记事本等值得纪念的东西。

集装箱停在田野畑村港口，志愿者们帮忙将物品搬运至蓝房子里，QIU 也是志愿者之一。他从海边扛起一个箱子往蓝房子走，中途经过秋野先生的家。他站在台阶上瞥了一眼，算算已有好几天没有过来了。QIU 发现那扇小窗正关闭着，大概气温降低，为抵御寒流吧。墙上的青藤也仿佛一夜之间落尽，原先的澎湃绿意变成纵横交错的枯藤。墙壁裸露出来，寒意顿生。

QIU 由此经过，每次都抬头看一眼，他想，或许能从窗户里看见秋野先生吧。第四趟经过时，QIU 手里的东西轻多了，只有两个抽屉，以及一袋被海水浸过的照片。他经过路灯，踩着石阶向前。走出很远了，突然感到有什么不对劲。夕阳从云层里探出来，将万物染上金色，这个时候琴声应该会响起。

他拔腿往回跑，用力推开木门。

屋里静悄悄的，窗帘拉得严严实实，除了昏暗沉寂，安静得可怕，还有一丝长期不通风而产生的霉腐味道。QIU 打开灯,发现秋野先生正伏在钢琴上,他走过去,伸手拍拍秋野先生的后背。

QIU 的手僵住了,手指下的身体已经僵硬。他蹲下来,捂着脸,喉咙发出一声低号。

8

秋野先生死于三天前,最后一个动作应该是坐在钢琴旁。瘦长的身体几乎圈成一个圈,那根拐杖被紧抱在怀里,收尸人用了很大力气都没有将他们分离。

在钢琴的琴盖下,QIU 发现了一些信,是秋野先生写给他的妻子的,每封信装在不同的信封里,如果没有猜错,秋野先生是在每月的固定日子里写信。

最近的一封是六天前写的,QIU 听琴的那晚。

亲爱的阿狄丽娜:

这也许是我写给你的最后一封信了,我的身体一天不如一天。

我已经很久没有下楼了,从客厅到卧室需要挪上很久。昨天,我又在门边摔了一跤,手撑在地上,幸好没有骨折,要不然现在就不能给你写信,更不能给你弹琴了。身体里的力气越来越少,像是被什么抽走,空剩一副皮囊。从前那个自信、乐观、健康、向世界张开双臂的男人,那个坚信可以活过所有动物,活过云朵、大海、太阳和岩手山的男人,现在连写字都感到十分吃力。不过,我并不害怕这样,甚至有些期待,因为,当所有力气耗尽时,我们就要见面了。

阿狄丽娜,我多么喜欢这样称呼你,当我得知这个名字源于希腊的神话故事时,我更加感动和执着,那个名叫皮格马利翁的人雕塑了一个美丽的少女,每天对着她痴痴地看,他爱上了雕像。皮格马利翁向众神祈祷,期盼着爱情的奇迹。他的真诚和虔诚感动了爱神阿芙洛狄忒,爱神便赐给雕塑以生命。我也每天祈祷众神,祈祷爱神阿芙洛狄忒,希望在傍晚的钢琴声中让我们相会。

我很高兴在人生的迟暮之时结识了两位朋友,一位是来自中国的 QIU 先生。如果你见到他,一定会惊讶地叫着:"哈,这不是我们的秋野先生嘛。"是的,他就像是而立之年的我。刚刚过去的几个钟头里,QIU 先生正坐在二楼的沙发上听琴,我们聊了许多,这是我们为数不多的一次交流。我们都相信人是有灵魂的,肉身存在于宇宙中,灵魂也存在于宇宙中,当想到我们处于同一个宇宙里,便不那么孤单了。

QIU 先生每个周末都去潜水, 然后在傍晚来听我弹钢琴。我很庆幸,我们都找到了与失去的亲人联系的独特方式。后来,QIU 先生握住我的手,也许是我握住他的手吧,我们不知道该说些什么,或许这是彼此之间最好的祝福。

QIU 先生在海里打捞出一架钢琴，啊，这么说不准确哦，应该是钢琴自己爬上了岛。我很想亲眼看一看，亲耳听一听，这个象征着人类艺术和精神文明，每一个发音都那么精准和充满玄妙的钢琴，如今会发出怎样的音调呢。但是，我没有力气再走那么远的路了。

啊，差点忘了向你介绍我的另一个朋友。它是一只狗，每天坐在路灯下，黄白相间的毛，眼睛很漂亮，却十分忧郁，我知道，它也失去了主人。有一天，它突然走到楼上来，我以为它寻找食物，或者感到寒冷，于是给了它一块章鱼丸，它怔怔地看着我，接了过去。我从没有见过一只进食时如此优雅的狗，吃完后它把脑袋钻进我虚握的手中，我以为它还要食物，后来才知道，它是想获得我的抚摩。它亲吻我，鼻子湿湿的，我的掌心感受着它呼出的温热气息，我的眼泪出来了。我很久没有因为温暖而流泪。

亲爱的阿狄丽娜，我快写不动字了。让我再为你弹一曲《海边的阿狄丽娜》。啊，我总是把"水边"写成"海边"——可难道不是吗，你是我海边的阿狄丽娜。

你的丈夫秋野

2014 年 10 月 20 日

从二楼下来，天已经黑了，天空正飘着细碎的雪花。路灯下团子正怔怔地坐着,雪花落在它身上,它并不知道,或许是雪花轻得让它察觉不到。QIU 坐在台阶上,它走过来,在他脚尖坐下,它已经愿意和他挨在一起了。

第二天,QIU 没去上班,而是去了欢岛,赶在打捞队前到达那里。

钢琴还在, 像一个无可奈何的人伏在岸边。他轻轻地摁下琴键,咕——啵——

他伏在钢琴上,海水深蓝,远方的海面被朝阳染上曙色。他翻了个身,将身体平躺,天空恍若另一片海洋,倒扣下来,浩瀚,广阔,深邃。海浪有节奏地撞击着岩石,撞击着钢琴。

钢琴像一只摇篮,他感到身体轻轻荡漾。

朝霞慢慢收走了色彩,终于腾出了单一明亮的天空。突然,他的身子动了一下,又一下。钢琴在动,像在挣脱什么,它的滑动在加快,离开了岩石,回到了水面。它在慢慢变小。

这架"经历了很多"的钢琴再次回到了海里。它不再需要人手的弹奏,从此回归为一件单纯的物件。海水轻抚着它,轻叩琴键,发出奇妙的声音:哔——啵——叮——唔——嗵——

这是来自自然的调音。

QIU 静静地听着,闭上眼睛。天地间,是海的声音。

阡陌

1

那些年雾多，日子模模糊糊向前走。早晨的薄雾和烟霭还没完全散去，焦糖色的黄昏便急匆匆地到来。准时出现于黄昏的母亲的叫唤，豆子一样穿过密林，落在我的耳边。我从来没有分辨出叫唤的具体内容——我的大名？绰号？还是唤我回去有急于要干的事？它们尾音很长，抑扬顿挫，像是某种隐秘的暗语。

天擦黑之前，母亲们的叫唤，在村庄上空交错穿行，像一张看不见的网，朝我们头顶倾覆下来。有时，一两股声音挣脱而出，噼里啪啦落在石头上，树干上，沙土上……孩子们愣住了，身体僵持在半空——每个人都认得自家的叫唤，于是极不情愿地捡起鞋，被叫唤声拖拽回去。

照例，刚走到屋山头，母亲便差使我去村庄后面的庄稼地，让我把父亲给"拔回来"。这是她的原话。母亲说，太阳落山了，再不拔回来，他就要在地里生根发芽啦。

我往地里走，巴泥草覆盖的小路看不太清，天和地模糊在一起，分不出边界。也看不见地里的人，只有几个比暮色更浓的黑点。

我总能一眼找到父亲，因为我认得自家的地。在我很小的时候，常被父亲带来认地——坝口过去二三十米，从西边数，第三块。除此之外，地头还立着一棵瘦瘦的树，父亲栽种的。我不知道它的名字，父亲称它"树"，就像对那些很小的东西一概以"虫子"称呼一样。

庄稼地里是不种树的，因为树根和树冠会影响庄稼生长。但父亲执意种一棵，说是给地做上记号。这棵树不光给自家的地做了记号，对别人家的地来说，也是记号哩。人们总喜欢以那棵树为参照——由树向南走三百米就拐弯；或者，走到树那儿再歇一歇，这样就走了大半的路啦。在我们平坦且一眼望不到边的苏北平原，一棵树常常起到测定距离和方位的作用。

躺在竹篮里的我只不过一尺来长，身下垫了一把青草。父亲在耕地，从这头到那头，来来回回，声音便忽远忽近。当我再大一点儿开始学写字时，每次看见"田"字都会思绪飘忽，里面的那一横一竖仿佛是父亲和他的耕牛犁出的沟纹。

我躺在竹篮里，竖着耳朵听泥土被翻上来的声音，以及黑牛喘息时缓慢的呼哧声。有时,声音很久都没出现,让人觉得那块地仿佛辽阔无边。我只能看头顶被竹篮的把手切成两半的天空,以及清早和傍晚缥缈的薄雾。

如果没有母亲或我的叫唤,父亲很少主动将自己拔上来。父亲的一生,都被摁在了这块地里。

哎,天黑了,快回去吧。我站在树下喊。

父亲应了一声,他正在找稗子,一种伪装成麦子的草。天这么黑,我不知道父亲是怎么发现它们的,他似乎并不依靠视觉,而是触觉或者嗅觉,那些躲藏在麦丛中蒙混过关的稗子一株都没能逃得过。

父亲将腿从水田里拽出来,啵的一声,犹如瓶盖离开酒瓶的声音。他在水渠里洗掉腿上的泥,仍然是黑黑的,常年插进地里的缘故,膝盖往下像套了靴子,两截小腿像两截枯树,印着浅浅的纵横交错的纹理。除了冬天,另外三个季节父亲打光脚,他不习惯穿鞋,逼不得已穿鞋的日子,整个人都怪怪的。他在家里不及在地里自在,尤其春节那几天,居然穿上了皮鞋——叔叔嫌小给他的。父亲别扭地走路,腿抬得很高,像唱戏的人。后来他干脆坐在凳子上,双脚拘谨又怯弱地靠拢在一起。

黑暗越来越浓,远处的大堤、树林,以及头顶偶尔飞过的鸟都变得模糊不清,好像所有的一切正慢慢溶解在黑暗中。父亲和黑牛走在前面,身影越来越小,黑色正将他们一点点吮吸过去。

2

一切都和剃头店有关。

剃头店在村子的最西头，一条由东向西的土路通向远方，村庄四周是分隔得整整齐齐的稻田，从高处看，这条土路和村子形成汤匙的形状，四季变换的农作物就是汤匙下斑驳的桌布。

不管是去地里还是更远的城市，剃头店是必经之地。换个说法就是，每一个从外面回来的人，都得经过这儿。这是村里唯一的剃头店，几乎每天都坐满了人。剃头的，不剃头的，路过的，从地里回来的，都会在这里小憩。有一些人从早坐到晚，当然，这是指农闲时候，没有比剃头店更令他们愿意消磨时间的去处了。

父亲经过剃头店，里面的灯光仍然亮着，泄露着热闹的秘密。他和黑牛习惯性地停顿了下，黑牛打了个响鼻，四只蹄子立在原地，不走了。父亲喊了声"驾"仍然无动于衷。让黑牛往前走叫"驾"，往左拐叫"嗷"，往右拐叫"唷"，往后退叫"却"。父亲叫了好几声"驾"，又在它屁股上拍了几巴掌，黑牛才极不情愿地向前挪了一脚。

这一习惯不知道什么时候有的，谁也记不得了。如果从地里回来得早，父亲会在剃头店坐会儿。他把手里的锄头或铁锹斜靠在墙上，将牛绳系在门外的电线杆上——有一次，牛绳松了，黑牛径直往剃头店大摇大摆走来，它并不知道自己相较于人来说是个庞然大物，上台阶时，踩翻几块砖头，但它毫不理会，啪啪地甩着尾巴，漫不经心站在门口朝里看。店里的人一边笑一边对父亲说，你家兄弟找你来了。他们说父亲跟黑牛像亲兄弟，耕地时，牛在前，人在后；不耕地时，人在前，牛在后，总之，他俩之间永远连接着一根牛绳。

父亲去剃头店当然不是为了剃头。父亲、母亲、我，以及我两个姐姐的头发都不在剃头店里修剪。母亲说，不要花那个洋盘钱。所以，一家人的理发都由母亲代劳了。那是一种简单、潦草、不拘小节，甚至有点我行我素的发型。

父亲总是知趣地选择一只矮爬爬——一种几乎贴近地面的凳子，人坐上去像是蹲在地上。有时父亲坐在剃头店门外的台阶上，或者坐在倒下来的锹柄上，两条腿半盘着，腿上沾着泥。店里的人说，进来呗，里头有凳子。父亲便摆摆手，说，脚脏着呢，就坐这儿，就坐这儿。

剃头店里有凳子，还有一只可供四人坐的长条椅，等待剃头或先到的闲人喜欢坐在那儿，因为高度的原因，有点居高临下的意思。当然，最高的座位要数理发椅子。剃头师傅个头儿很高，所以总把座椅也调得高高的，人要坐上去，得踩着旁边砖头码成的台阶，一坐下来，脚立即悬离地面，顿时有种庄严尊贵之感。

所有关于外面的一切，父亲都是从剃头店听来的。

人们谈论各种道听途说来的稀奇事，父亲从不插嘴，他是个老老实实的听众。如果那些年你也曾路过我们村里的剃头店，也许见过我的父亲，一个常常坐在锹柄上的男人，头发显得那么敦厚又固执。没有人猜得出父亲感兴趣的话题，人们在谈论任何一件事情时，父亲都保持一种极为矜持内敛的微笑，他皮肤黝黑，几道倔强执拗的皱纹连接在眼鼻之间，五官端正，不像那些整日栽在地里的人五官都被风吹歪了。

只有一次，人们谈论马戏团时，父亲开口说话了。他的声音很小，和电吹风的嗡嗡声交织在一起，父亲问，马戏团里……有没有狮子？父亲还没说完，吹风机的声音就停止了，像一个陪他走夜路的人突然躲藏起来，父亲的声音光秃秃地、毫无遮掩地落在空地上。剃头店里的人"轰"地笑了，笑声差点把三合板的隔墙给冲破。狮子，有没有狮子，马戏团怎么会没有狮子……人们笑得前仰后合，好像从没听过这么好笑的笑话。

笑过之后，有人对父亲感慨道，你这一辈子，怕是都没出过村子吧……

3

父亲是出过村子的。

母亲说有一次父亲打算去县里几天，具体什么事记不清了，毕竟已过去好多年。那时农忙刚结束，稻秧插进水田。父亲说他要到县里去，可才走到镇上，就被一个邻居喊住了。邻居急匆匆追上来，说，你还往外跑啊，你家田埂被地鼠掘坏了。父亲眉头一皱，立即返回。赶到地里，果真，田埂烂了，水从决口进来，形成一片汪洋，几个洞口嚯嚯地冒着泡，秧苗在水中飘摇。直到父亲把决口修好，水被引流走，秧苗才重新抬起头来。

还有一次，仍然是很多年前，那时父亲还很年轻，他要去邻镇买化肥，以往都是就近买，但父亲听说邻镇有一种散肥很不错。父亲去了两天，等他回来稻田里的野草疯长出很多。它们好像故意作对似的，趁父亲离开时野蛮生长。稗子争着与稻子吸收地里的养分，牛筋草用叶茎挡住水稻的阳光，父亲花了几倍的时间来清除它们，每天从早到晚，似乎都赶不上它们繁殖的速度。当然，除了稗子和牛筋草，还有三方草，每一种野草都居心叵测，试图在稻田里疯狂繁衍，壮大家族。

之后父亲就不往外跑了，每天都去地里，倒不是地里有干不完的活儿，而是不放心。那块地像孩子似的被父亲侍弄得十分温顺和妥帖。

父亲光脚走在田埂上，脚下板实的泥土使他心情舒畅。有时，他会突然停下来，把从田埂上滚落出去的土坷垃用脚钩回来，再踩板实。或者把倒在水里的稻株扶正，压实根部，再以一根树枝支住稻株。田埂上长了草，不能连根拔除，而是用锹或者镰刀割去。因为拔出时根会带出泥土，田埂便松了。

父亲做这些的时候，黑牛卧在树下，目不转睛地看着父亲或者远处的某个虚空，夕阳映照在它眼里，生出许多复杂的情愫。父亲把草丢在黑牛跟前，看草缓缓地被它卷进嘴里。

它分得清什么是庄稼,什么是草,所以,从不会把头伸进稻田。它的下唇左右摆动,漫不经心地嚼着,鼻子里呼出白气。

农忙时候,黑牛的任务重了,似乎有耕不完的地,一眼望不到边的苏北平原上,父亲和黑牛相互牵引,变成两个缓慢移动的点。

"耕牛又歇又饱,耕田四十不老",父亲记得这句古训。不耕地时,黑牛和父亲形影不离,母亲说这牛娇得很。这个"娇"不是娇气,而是撒娇。有一次,父亲没带它出门,黑牛卧在牛棚里一天都没吃喝。晚上父亲回来,它竟把脸背过去,对着墙壁呼哧呼哧吐气。父亲在它脖子一阵抚摩,这家伙才乖顺地把脑袋转过来。

父亲和黑牛坐在树下休憩,那个画面使小小的我心里泛起一丝涟漪。如果那时我再大些,识更多的字,也许会想到一个叫"老骥伏枥"的成语。稻田像海浪般滚滚而去,天地在视线的尽头相接,远处有一两个人,小小的,扁扁的,仿佛撑开天与地,父亲常看着地平线发呆,我想,如果父亲走向远方的话,一定也会走到那儿,走到天和地相连的地方吧。

4

剃头店最近的话题都集中在马戏团上,倒不是因为父亲问的"有没有狮子",而是,马戏团真的要来了。

第一个带来消息的是从县里回来的人,他说自己经过邻镇时亲眼看见的,因为时间紧迫,他没有来得及进去看一看,但他得知,马戏团很快就要到我们这儿了。那人也不清楚马戏团来自哪里,河南,湖南,也有可能是荷兰。当他说出最后两个字的时候,剃头店的人都惊呆了,空气中一度出现停滞状态,剃头师傅原本行云流水般的剪刀停留在半空。

父亲也坐在人群里,他的脖子抻得很长,由于坐在锹柄上的缘故,屁股贴着地面,下巴不得不向前抬起,和脖子形成一条谦卑的弧线。父亲喜欢剃头店里的时光,尤其在天黑之后,世界小得仿佛只有这么大。他认真听着来自远方的消息,闻着洗发水的味道,摩丝的味道,还有吹风机像黑牛一样呼哧哧吐着热气的奇妙气味。

河南,湖南,荷兰,这些名字对父亲来说多么陌生和新奇,他所能想象的从未到达的地方,就是站在地里看向天与地相连接的远处。可是,令人沮丧的是,如果朝着那个尽头走去,走啊走,永远都走不到天地相连处。

后来,又有人带来新的关于马戏团的消息,说是马戏团很大,这辈子都没见过这么大的马戏团,据说有几百个人表演,有一百多种动物。还有人说马戏团的帐篷不是以往看到的脏兮兮的白色毡布,而是像斑马纹一样的新帐篷。也有人附和说,是的,还看见排队等候的人延绵几百米,每到一处都人满为患,光排队买票就要花去半天时间。人们相互打听,又彼此争论不已,但唯一一点是大家共同接受的,那就是马戏团离村子越来越近了。人们计算着马戏团经过的足迹,以及即将要走的路线,这些路线逐渐被勾勒出来——它多像层层叠叠的环形啊,而我们村庄就是环形的中心。人们坚信,随着时间的推移,环形将会越来越小。

当然,想象只能到这里,人们是有自知之明的,因为村庄的偏僻,以及人口少,马戏团一定不会选择这里。从以往的经验看,露天电影啊,魔术表演啊,即使是炸爆米花的都很少光顾。

到第三个礼拜,人们所获得的信息已达成一致,那就是马戏团已经到达离这儿六十多里的镇上。据说在镇上的演出时间很长,可能要待上半个月左右。人们难以说清自己内心是喜悦还是嫉妒,常常说着说着,突然一阵静止,他们竖起耳朵,努力搜寻远处似是而非的锣鼓声。半晌,才回过神来,面色黯淡。

直到一个人的出现,剃头店里的人才再次亢奋起来。那时距离第一次说起马戏团已经过去一个多月了,天气已冷,河面结了冰,屋檐下的冰凌子越挂越长。

这个人是骑自行车来的,到剃头店时已经天黑。他要去看马戏团,因为迷路不得不经过这里。他说他最喜欢看马戏,每到一处,都会跟过去。他向人们讲起马戏团的事,原本那些沮丧的脸此刻都仰得高高的,像一只只嗷嗷待哺的雏鸟。后来,那个人突然问道,他是否可以借个宿,在哪个老乡家借宿,毕竟天已经晚了,离马戏团还有很远的路。

谁都没想到,一向沉默寡言的父亲第一个开口了,他说,到我家吧——

5

我把我的小厢房让出来，睡到姐姐们的房间去。那个晚上，父亲特意给陌生人在灶膛里生了火，让他坐在灶膛前，把身子烤一烤。陌生人穿着黑色雨鞋，裤脚塞在鞋筒里，由于鞋底潮湿，每走一步，地上都留下一只又大又潮的鞋印。有一阵，我看着地上的鞋印发呆，它们风尘仆仆，好像来自另一个世界。

陌生人烤了好一会儿火才开始说话，仿佛词句全冻僵了，得过一阵才能化开。

他把腿跷起来，搁在灶膛口。父亲坐在他斜对面，和坐在剃头店里一样，脖子抻得老长。火光偶尔一闪，把父亲黝黑的脸映照得黑红黑红。陌生人叫杨国柱，通扬河下游的村子里的，他说你就叫我河马吧。因为人们都这么叫他。河马看过很多马戏，最远的一次坐了六天船才到达。父亲对于六天这个数字感到十分惊讶和羡慕。

河马便说，人一年年活下去并不走到哪里去，那么，活着有什么意义呢；人一代代活下去也不走到哪里去，那么，活着又有什么意义呢？父亲愣在那儿，像是被这段排列组合奇妙的字句砸到了，他虽然不那么完全听得懂，却觉得河马的话很洋气，很有道理，很像那么回事。

河马继续说坐船，船在长江上走，六天后终于赶上了马戏团。他说那次真是有意外的惊喜，因为看到了骆驼。你知道的，骆驼生活在沙漠里，如果那次不去看马戏就永远不知道骆驼长什么样。河马说，骆驼很高，头倒是很小，驼峰上罩着带有流苏的布套。骆驼表演跳舞，它会随着音乐抬起前蹄，晃动脑袋。当它抬起蹄子时，脑袋总是碰到帐篷顶的绳子。骆驼大概以为是什么好吃的，便用嘴巴咬住了。嘿，谁料，绳子是固定帐篷立柱的。骆驼的力气真大，顿时，整个帐篷就坍塌下来——河马说到这儿忍不住笑了，太好玩了，太好玩了，骆驼太好玩了。他一边打着笑嗝一边感慨。父亲也跟着笑，脸上的皱纹像水波扩散，牙齿被火光照得白亮亮的。他从没听过那么好玩的故事。

就在这时，河马尖叫一声，脚迅速从灶膛抽回来。但，迟了，因为过于忘情，他竟忘了要脱掉雨鞋烤火。

雨鞋遇火即化，塑料变成黏液紧粘在皮肤上。父亲迅速端来一盆冷水浇去，费好大劲儿，伴着河马嘴里呦呦啊啊的喊叫，都没能将塑料和脚剥离开来。

河马的脚受伤了，他不得不在我家继续住下去。他每天由父亲背到一把椅子上，天黑时再由父亲背回去。父亲每天也不必去剃头店，他从河马这儿能听到许多关于外面的消息。

你见过大象吗？河马问父亲。

父亲摇摇头，说没有。

河马便告诉父亲大象是什么样子,大象长得很高,很壮,四条腿粗得很,走在土路上,一脚踩出一个坑。

父亲想了会儿,小声问道,那么,大象就像黑牛是吗?

唔——不是这么回事。河马的手在空中一挥,有点气馁地说,大象有四头黑牛大呢。河马又说,我和你说话的时候,其实是有一大块的背景的,背景就是大象生活的热带丛林。每个人说话时,每句话的后面都是有背景的。而你在问我大象的时候,你的背景却是小官庄,是稻田。

父亲怔住了,他觉得河马说得有道理,觉得河马说得有道理后的父亲反而不敢随便讲话了,他抿了抿嘴,眼睛不自觉地往河马身后看去。

父亲和河马之间迅速产生了友谊,一种难以言说的平凡又伟大的友谊。

河马在我家住了四天,每天都怂恿父亲学一学自行车。他坐在椅子上,扯着嗓门儿指挥。父亲的罗圈腿由于长期骑牛根本就无法同时搁放在脚踏板上。最重要的是,自行车没有黑牛稳健,稍不留意就摔个狗啃泥。到了第五天,父亲不学了,河马也在椅子上坐得不耐烦了,他变得焦躁不安——马戏团快要去下一站,他怕错失机会。终于在第六天,河马决定离开,他一瘸一拐地从椅子上站起来,套着父亲的布鞋,摇摇晃晃去扶自行车。

父亲一直将河马送到村头,清早的太阳十分透亮,在他们身上弹出晶莹薄脆的音符。父亲看向远处的地平线,那是一条神秘又奇妙的线条，天空卑躬向下，大地托掌迎接。父亲注视着，他想，他的朋友河马很快就要到达那儿了。

河马的离开使父亲感到有些悲伤，但又充满期待，期待他再次经过时带来关于远方的消息。

6

正当父亲失落时，河马回来了，他的脚伤还没好，新的皮肤被鞋蹭出鲜血来，脚底剀得生疼。他没法继续骑下去，更别谈走路了，河马艰难返回，怂恿父亲跟他一道前去，当然，跟他一起去的还得有父亲的牛车。

河马对父亲说，如果现在就出发，中午就能到达，下午看完马戏表演，傍晚就能到家，这样，父亲还可以在天黑前去看一看地里的水稻。父亲答应了，并不完全因为马戏团，而是认为应该帮一帮朋友。父亲是个重情义的人。

他们赶到马戏团正是中午，在离马戏团很远的地方就听见了锣鼓声——这种尖厉又沉稳的响声是如此的规律，以至于可以在它们的间歇中数上节拍：一二三，一二三。

再是，父亲看见马戏团的帐篷，并不是剃头店里的人所说的斑马纹，而是印着形如砖头的图案，猛一看，还以为是砖砌成的呢。也没有看到排得长长的队伍，倒是有一些人蜂拥在门口。父亲和河马把牛车卸下来，把黑牛拴在不远处的树上。

当他们走到入口，才发现口袋里没有钱。父亲是没有想到带钱这事，而河马的钱，准是在路上弄丢了。河马把口袋翻了个底朝天，急得汗珠从脑门儿上一层层冒出来。他们又赶着牛车往回走了一段，希望能捡回什么，结果失望而归。河马试图找熟人借，但举目望去，尽是陌生面孔。帐篷外面的人陆陆续续进去了，锣鼓催促。他们在附近来来回回，一点办法都没有。

最后，他们不得不站在帐篷外，用耳朵听。

父亲和河马坐在牛车上，帐篷里不时传来锣声，人的尖叫，报幕，以及整齐或稀拉的掌声。有时，帐篷里会突然寂静下来，让人好奇此刻正在发生什么。

猴子在表演。河马对父亲说，他说这个声音他熟悉，猴子正在骑自行车呢，猴子骑得很快，在绕圈，听，能听出链条的声音呢。过会儿就有别的猴子跳上去，先是一只，再是两只，最后一定不少于五只猴子。

你再听，这个声音。河马又对父亲说，他俩不约而同歪着脑袋，侧着脸。嗨，这个，一定是鹦鹉，准没错的，它在说"恭喜发财"呢。

这是马儿上场了。马表演的是数数。马叫了，马叫了，河马让父亲仔细听，马叫几声就代表是几。

父亲想起河马之前说的，每个人说话时都是有背景的。所以，父亲总是把目光投向他所能想象的远处。

他们在帐篷外"听"了一整场马戏，直到太阳把脚下的影子拖得很长。当他们赶着牛车回到村里时,已经很晚了。一路上,父亲沉默不语坐在牛车上,像牛一样反刍着白天的事情。月亮很圆,照得土路如同白银似的。树枝光秃秃的,裹上一层银色,杵向同样银亮的天空。

7

父亲的朋友河马很快就离开了, 用他的话说, 他要去追寻下一个马戏团。河马在离开时,打算留点东西给父亲作为纪念,不过,除了自行车他没有别的身外之物了。父亲自然不同意,毕竟还有那么远的路,没有自行车显然是不行的。父亲对河马说,就把那双烧焦的雨鞋留下来吧。

雨鞋被烧出一个大洞,脚伸进去,脚指头呼之欲出。父亲将雨鞋放在竹篮里,再将竹篮吊在屋檐下。晚饭后,父亲有时把雨鞋取下来,将脚洗净,穿进去。沾着泥点的裤脚被调遣到膝盖,好像这样才显得对雨鞋的格外尊重。雨鞋对父亲来说有点大,脚在里面晃来晃去,步子稍大一些脚指头就跑出来。但这些都不要紧,父亲抬起头,看着篱笆上空的夜色,慢慢地,小心翼翼地,在洒满月光的院子里踱步。

一切似乎都回到从前的状态。

父亲仍然每天去地里, 在板实的田埂上走几圈, 膝盖向下的小腿越来越黑,与大腿形成黑白分明的界限。有一段日子,小腿开始脱皮,脱完之后的皮肤很快变得又黑又硬,像一层盔甲。

父亲的脾气,也和黑牛越来越像。或者说,牛的脾气,越来越像父亲。起先发现这点的是剃头店的人,他们说父亲和黑牛一样倔得很呢。有一回,要在下雨前犁出一块地,好让翻出的新土喝饱水。地在河坝上,巴根草和小石块隐匿其中。耕地进展很慢,土地像攥紧的小拳头,每前进一步都得使出浑身力气。有人劝父亲明天再犁吧,因为眼看着暴雨就要到来。

没人能说得动父亲,就连母亲也没能将父亲从地里拔回来。父亲和黑牛来来回回地犁地,他们走得很认真,严谨,细密,不放过每一寸土地。父亲,牛,土地,构成某种奇妙的关系,大地抽象成一条水平线,人们透过莹亮的雨帘,水平线上那头四肢伏地前行的牛恍惚正是父亲,而那个弓背挥鞭的却是牛。没有人能分清是牛在拉着父亲,还是父亲拉着牛。

时间缓缓向前流淌,人们在农忙和农闲里感受着四季轮回。秋天播下的麦子在第二年春天收成;春天种下的稻子秋天可以收割。

这年秋天,当父亲把脱粒的稻子用牛车往家运送时,发生了一件事。

那时农忙已接近尾声,父亲把最后几袋稻子装在牛车上,半路上,车轮突然陷进泥坑,死活都拉不上来。"驾驾!"父亲吆喝着,黑牛弓起身子。黑牛在前面拉,父亲在后面推,试了很多次,没有一丝进展。父亲挥起鞭子朝黑牛臀部抽去,一条暗红的印子立即浮出来。黑牛愣了一下,似乎早已忘记鞭子的力量。它埋下脑袋，呼出一口气，身体用力前倾，车轮在坑边趔趄了一下又落回原处。

几番周折后，父亲只好去村子里找人帮忙。可是，等父亲赶来，黑牛已经拉着车，走得没影儿了。父亲追到村口，有人说，的确，刚刚看见一辆牛车拉着两个麻袋过去了。

父亲又追了十里地，地里的人说，傍晚确实看见一头黑牛拉着麻袋飞奔过去了。

父亲又向西追去，路过的人说，没错，一头黑牛头也不回地跑远了。

父亲没有继续再追。

没有人知道黑牛要去向哪里，据说它一刻不停地向西奔去。路上，也有一些想劫持它的人，但是，真是徒劳，人们说这头牛太倔强了，一定难以驯服。它的力量很大，速度很快，没人能够阻挡得了它。

没有了黑牛的父亲，和从前没什么两样，只是手上少了一根牛绳而已。从地里回来时，父亲仍然会在剃头店坐一坐，当然，他只坐在矮爬爬或锹柄上。店里的长条椅已经坏了，腿断了一根，坏腿处用几个砖块垫着，人坐上去，有点摇晃。

又一年春天，人们的话题围绕着那头奔跑的黑牛，以及黑牛身后的稻子。它已经跑得很远很远了，河南？湖南？荷兰？或许更远的地方？没有人知道它此时的位置。关于黑牛的消息像种子一样播撒在大地上，据说，有人看见牛车上的稻子经过一场又一场的雨水已经发芽，长出了绿油油的禾苗。

关于长出禾苗的消息让剃头店里的人一阵津津乐道,他们在电吹风嗡嗡的鼓噪声里加大音量,有人把话题抛向父亲,问父亲要不要再去追呢。父亲不说话,认真地用树枝刮着脚上的泥巴。

太阳落下去时,父亲起身往家走。霞光的范围慢慢缩小,渐渐消失,天空明亮而辽阔。父亲想起他的朋友河马说过的话——每个人说话时都是有一大块背景的。这样的天空,可能正是牛和牛车的背景。

飘浮于万有引力中的房屋

1

1977 年，春天，官庄小学操场，一个男孩正在进行跳高比赛。天气很好，太阳在云层间躲闪，男孩站在十米开外的起跑线上，注视着横杆，阳光在那根上午刚从地里砍下的竹竿上打出一道光芒。男孩的脸侧向一边，往左手心吐了口吐沫，右手缓缓覆上去，与左手一阵搓揉——这是他从祖父那儿学来的，祖父拿锹干活儿前都会这样，大概使手掌和锹柄具有更好的黏滞作用。很显然，那一瞬间男孩由于过分激动，忘记了跳高是不需要手的。他开始助跑，起跳，弓背，过竿——就在这时——当他的脸朝向天空，身体几乎与地面平行时，他睁开了眼睛——不知道别的同学进行这个动作时是闭眼还是睁眼，总之，男孩第一次以这样的姿势仰望天空。天空离得那么近，真蓝啊，像一块崭新的的确良布，一点儿褶皱都没有。大朵大朵的白云就是缀在布上的棉花，只要一伸手就能够着。当然，男孩没有伸手，而是静止在半空，从下往上看，像是粘在天上的一张纸片儿。男孩就这样凝视着天空，直到太阳落山，才被几只大手给拽了下来。

男孩就是我的父亲，这个故事是他讲给我听的。父亲说那是他见过的最漂亮的天空。父亲也常常将我抛掷出去，那时我还很小，相当于几个砖块的重量，离开他的双手，身体在空中作短暂的飞翔，我紧张又兴奋。快看快看，父亲说。

可我总是忘记睁开眼睛。

除此之外，父亲还常常让我倒立，当然不是你们想象的对着一面墙倒立，而是将我举过头顶，两条腿伸向天空。父亲又瘦又高，胳膊和腿很长，他抱着我的时候，仿佛两根藤蔓缠在我身上。由于瘦削，他的肩窝处正好形成一个很深的凹陷，我的脑袋便落在凹陷里。父亲一边旋转一边问，看见什么了看见什么了？

看见房子，看见很多房子。我说。

还有吗？父亲问。

地跑到天上去了。我说。

还有吗？父亲继续问。

所有的房子都倒挂下来——

父亲很满意我的回答。

一周后的图画课上我便自信满满地将它们画下来——天空跑到脚下，地跑到天上，密密麻麻的房子从天上倒挂下来。

我们的美术老师也是我们的语文老师,中年女人,五十出头,齐耳短发,白发浓稠得已经无法掩饰她的年龄,像两块熨得平整的灰色麻布分披在脑袋两侧。她将我叫到讲台前,摊开我的图画本说,房子怎么飘在天上呢?我低着头不说话。老师又说,陈小想,你已经是一年级学生了,不再是幼儿园宝宝,不能乱画了,要讲究实际。说完她从抽屉里摸出一支红笔,在画的下面写上分数:60。

我很沮丧,整个下午都闷闷不乐。但父亲并不在乎我的分数,他安慰说也许是没有涂上颜色,老师觉得不那么好看呢。所以周末又叫我画一遍,并和我一起用水彩给画涂上颜色。房子涂上红色、紫色、绿色……像气球一样飘浮在空中,我们涂得很认真,近乎虔诚。

这是暮春以来最奇诡的一天,太阳早已落下,但天空仍十分明亮,光从天上飞流而下,化作透明的瀑布,空气里充满彩色分子,在我和父亲之间轻轻漾动。父亲将涂上颜色的画贴在我的卧室门上,怕粘不牢,又用力摁摁,转过身问我,你想住在哪一幢?我愣了一下,指向紫色。于是父亲用笔在紫色那幢写上我的名字。

我问父亲,我可以有这样的房子吗?

父亲笑笑说,当然可以。

房子能飘在天上吗?我又问。

能。他说。

它们不会掉下来吗?

不会。父亲很肯定。

关于房子的事，我相信我的父亲，因为他是一名建筑师。

2

在我出生前，父亲就是一名建筑师了。他设计过一幢带森林的住宅楼，每户都有一个很大的阳台，阳台像抽屉一样次第打开，整栋房子像一座山。阳台上种满了树，从远处看，仿佛坐落在你面前的不是房子，而是一片郁郁葱葱的森林。可惜人们入住后，就把大树砍掉了，因为大树引来很多鸟，他们讨厌鸟屎。住户们在阳台堆满杂物，杂物终于有了名正言顺的地方。父亲说那幢房子现在还在，他带我从它前面经过几次，远远地看，光秃秃的，并没有找到一棵树，阳台上堆着报纸、坏家具，有的干脆用砖块砌得严严实实。没有树的阳台，像邋遢的人吐出的舌头。

父亲还设计过一幢会转动的房子，有人给它取名叫向日葵楼。顾名思义，就是房子会像向日葵一样追赶着太阳。但父亲认为叫夸父楼更妥帖，因为他太喜欢那个勇敢的浪漫主义故事了。夸父楼分为两部分，下面部分是底座，如同一个转盘，将上面楼体吸收的太阳能转化为机械能，转盘缓缓转动，住在楼里的人们每时每刻都能享受阳光，由于获得充分日照，住在楼里的人身体十分健康，阳光驱散人们心中的阴霾，他们的幸福指数明显高于外界。早晨可以看日出，傍晚看日落，每个人身体里似乎仍保存着人类最初的原动力和对自然的敬畏。

据说当年父亲的毕业设计作品也引起过轰动,那时的父亲就表现出超越常人的天赋,父亲设计的是会移动的房子,房子的根部有很多轮子,轮子下面是轨道,住在房子里的人可以随意移动房子。随着移动的房子越来越多,轨道便逐渐蔓延至城市的每个角落,这将是一个多么丰富而有趣的世界。父亲的老师 W 先生十分欣赏这件作品,他在毕业典礼上给予了很高的赞扬,他说,移动的房子是对现代建筑界缺乏想象力的有力回击。W 先生说这个世界充斥着规则和秩序,每一次我们打破监狱的高墙,迈向自由的前方,其实只是到了一座更大的监狱。秩序让我们的生活看起来稳定有序,却破坏了人类最宝贵的想象力,使这个世界变得单调、乏味和机械。

我没有经历父亲的毕业典礼,更没见过那个见解独到的 W 先生。这些都是我出生前发生的事,如果父亲不在我每晚临睡前向我讲述,我一定不会知道。关于临睡前的时光,那是我一天中最快乐的——台灯光线调得暗暗的,父亲坐在我床前,如果是冬天,他会脱了鞋从另一头钻进被子,我们面对面坐着,挨得很近。讲到兴奋处,父亲就拉开窗帘让我看黑夜中带着亮光的高楼,或者突然从被子里抓住我的脚,把我拽进他怀里。

我也常常向母亲请求,可不可以把父亲用无数根牙签制作的木结构别墅给我看一看,那是父亲送给母亲的结婚礼物,别墅有阳台,有木格栅窗户,还有木质的大门,门可以推开,只能伸进一个指头。据说父亲就是从这扇门里变戏法似的拿出了求婚戒指——也是牙签做的,用火烧红后弯成了圆圈。

3

我家所在的这幢楼是一个魔方，怎么说呢，每层楼，每个单元隔些日子会进行转动，白天没人注意到它的变化，转动只发生在夜里，人们睡在自家床上，并不会感觉什么，等到第二天早晨起来，便发现原来站在阳台上只能看到西边的风景，现在却只能看到东边的风景，这一定是从西边转到东边来了；也有人早晨下楼去，发现只走了几个台阶就到达地面，这家一定是从顶楼转到了一楼。

你也许不相信我的话，一开始，我也和你一样，不相信房子会自己转动，直到我们换了两次新邻居才不得不信。一次转来了一对年轻夫妇，他们很漂亮，像从电影海报里走下来的人，年轻夫妇有一个还不会走路的小男孩，也和他们一样好看。我和父亲是在早晨出门时遇见他们的，年轻夫妇向我们问好，说是刚从东边过来的，以后要和我们做邻居了。

不知道会做多久邻居呢，也许我们很快就要转走了，我对他们说。

年轻夫妇笑了笑，说，啊，那真是遗憾。

第二次转来的邻居是一个老头儿，他已经很老了，对转到顶楼十分抱怨，他并不想住这么高。我们在楼梯上相遇，他的拐杖正带着他蹒跚而行。顶楼真是太糟糕了，他对我们说，真希望早点离开。

会的，一定会的，我告诉他。

与老头儿告别后，我问父亲，我们还有多久才能转动？

父亲说这个很难说，因为这座楼真是太老太老了，转动得越来越慢，我们家最后一次转动还是很多年前，那时我只有两三岁，还没记事。我们从底楼转到了顶楼，我第一次学会了爬楼梯。

你还记得你第一次去天台吗？父亲问我。

我摇摇头，那时实在太小了，记忆孱弱，什么都记不住。不过，顶层的确有一个天台，用梯子可以从检修口爬上去，父亲经常带我去天台。一开始，我是坐在父亲肩上爬梯子，等我大一点后，我就能自己上去了。天台很大，四周没有护栏，可以看到很远很远的地方。我问父亲，这是不是就是世界？

父亲愣了一下，说，是的，不过，还要往更远更远的方向去，世界很大，你只看到了一点点。

我说我想到世界里去。

父亲笑了，把我抱起来，向空中抛掷出去。

夜晚，灯火亮了，每幢楼都安静地立在原地，我们通过灯光的明暗来辨别距离远近。父亲喜欢和我讲述每幢楼的故事，他是个建筑师，他比任何人知道得都多。

在我五岁那年，我认识了我家东边的那幢楼，它是个有情绪的楼，喜欢听住在楼里的人诉说心思，人们快乐时，它也会快乐；人们忧伤时，它也会很忧伤。一天它听到一个悲伤的故事，很悲伤很悲伤，第二天，人们发现那座楼虚弱了很多，有一处墙角都坍塌了。

六岁那年，我家北边的一座蓝色的房子突然不见了，那些天父亲出差，我没法去天台，等我们上去时发现蓝色房子的地方成了一片废墟。父亲说它去了别的城市，因为住在里面的一个女孩生病了，她的腿坏了，再也不能走路，而女孩最大的梦想就是去各地旅行。蓝色房子带着女孩旅行去了。半年后，我和父亲乘火车去 Y 市，我们看见了它，它离铁轨很近，还是那么蓝，正和其他颜色的楼排成一排晒太阳呢。

父亲说如果你是细心的人，一定会发现城市的很多秘密。尤其是夜晚，建筑们总在悄悄做些变化。由于白天站立得太久，夜晚会相互偎依一小会儿。据说有一次大雪，通洋河上的大桥太冷了，便把自己缩成一团，一个打算从桥上经过的人走着走着，前面突然就没了路，差点掉进河里。桥只好伸展出去，尽管有些懒洋洋的，但它不敢怠慢，因为服务人类是它的职责。

母亲很反对父亲带我去天台，她觉得太高了，而且风大。她第一次上去费了好大劲儿，下来是让父亲背下来的。母亲站在天台上，头晕晕的，腿直抖，她说真不知道你们爬上来干什么，太危险了，受罪，而且没什么好看的。

母亲的重点在"太危险"上，她是个喜欢把自己的感觉强加于别人的人，在她认为去天台是件危险的事后，便不允许我们上去了。母亲曾试图找人将洞口堵上，但考虑到那是检修口，便不敢擅自操作了。后来又把我们的梯子藏起来，但很快就被父亲找到，父亲一边往上爬，一边得意地对我说，没有什么能够阻止一颗探索的心。

我们又站在天台上了,天空飘着小雨,雨丝被微风吹破,空气干净而凛冽,我学着父亲大口大口地呼吸。四周黑茫茫的,远处高高低低的建筑将夜幕分割出来。我认识的建筑越来越多了,它们带着独特的性格和脾气和我生活在同一个城市,同一个世界,我从来不害怕夜晚黑洞洞的如课本上描写的"鬼魅"似的房子,我知道一定是它们睡得太沉或吸收了人们太多的坏情绪才一动不动。我也不害怕一个人走很长的天桥,如果我告诉它我很累的话,天桥一定变成滑滑梯让我快速滑到对面。每天上学路上,我都会和我认识的建筑们一一打招呼——

嗨,你最近是不是有心思。我对一幢长满藤萝的房子说,房子的屋顶一天天地凹陷下去。

你从别的城市过来的吗?我以前为什么没有见过你。我仰着脑袋看一幢楼越来越高。

喂,你已经很久没有像伞那样打开了,住在你里面的人一定感到不开心。我拍着一堵墙壁说。

…………

4

事情发生转变是在 2001 年,这一年对父亲来说比较特殊,他突然离开了工作十多年的建筑设计院,要回家写小说。对于父亲这一决定,很多人感到不解和惋惜,尤其是母亲,认为父亲的脑袋是不是被驴踢了?! 这是她的原话。当然,父亲的脑袋完好,圆润、光滑,甚至饱满,从未经历踩、撞、踢,以及进水之类的事件。父亲对于辞职原因并没有和我们道明真相,是单位改制逼迫下岗? 是经营不善裁员? 是工作中犯了错而不得已辞职? 还是父亲自认为怀才不遇而愤然离开?

那一年,我九岁,在花园小学读三年级,父亲辞职那天是星期四,我之所以记得这么清楚,是因为那天我加入了少先队。父亲去接我放学,在我们家,谁的收入低谁就承揽起接送我上下学的任务,可见父亲对未来自我价值的充分认识。没有风,红领巾一动不动地僵硬在脖子上,我多么希望能刮起一阵风,将我的红领巾吹得像图画上一样飘扬。父亲突然从后面把红领巾转了个方向,又将三角的部分罩在我的眼睛上,我眼前的世界顿时变成朦胧的红色,父亲牵着我的手,一边走一边问,房子是什么颜色? 红色。我回答。天空是什么颜色? 紫色。大树是什么颜色? 黄色,哦,不不,红色。我们一路都在描述不同颜色的世界,以至于我在第二天的课堂作业上就用紫色的天空和红色的大树造了句,作业本发下来,我发现它们的旁边画了两个大大的红叉。

父亲那个时期的小说我读过一些,我识字不多,短一点的还能结结巴巴读完, 长点的需要父亲朗读或给一些字注上拼音,父亲很乐意这么做,我也乐意成为他的第一个读者。父亲在文章中写了一个叫"剪力墙"的男孩,喜欢爬上屋顶看远处,他从没有见过真正的山,当"剪力墙"在图画里看到山的形状时坚定地认为每一个屋顶都是一座山。我问父亲为什么叫剪力墙？父亲说这是建筑里的说法，剪力墙在房屋里主要承受风的作用。我似懂非懂，但觉得很有意思。

父亲的稿费很低，在家中地位也可见一斑，我记得几次母亲与他争吵，他信誓旦旦又百般乞求地希望母亲能给他几年时间——父亲将大拇指别在掌心，剩下的四个指头孱弱又倔强地叉开着，四年，父亲说，给我四年。

父亲并没有一心扑在写作上，很多时间仍然在进行建筑设计，只是不去单位，而是躲在他的小书房里。有好几次，我走进去，父亲正伏在一堆图纸上写写画画，见我进来，惊慌地站直身子，褐色的毛衣堆在脖颈，几个线头如小草钻出来。多年后当我从鲁迅文章里认识圆规一样的杨二嫂时，我觉得我的父亲就是一支生锈的圆规。

你在设计房子吗？我问。

父亲说，是是。

它会转动吗？我问。

哦，会啊。

我趴在图纸上一顿瞅，长长短短的线条构成一个我熟悉又陌生的世界。对于平面图和立面图，我还能看出个大概，可剖面图，就完全看不懂了。

倍面图是什么意思？我忍不住问。

这字读 pōu，剖开的剖，不是倍，剖面图就是把房子剖开来看。父亲一边说一边用手在空中做出刀切的动作。

啊，我明白了，把房子切开是吗？

哦，是。父亲说。

可是，是谁把它切开的呢——

父亲没等我说完便给予我肯定，对对，你说得对，就是这样的，就像有人用大刀切开一样，就是这样的——

这时母亲从外面走进来，自从父亲辞职后，母亲便更加理直气壮进出父亲的书房，四处看看，顺便抽几张图纸带出去，卖给楼下收废品的大爷，或者用来吃饭时盛放骨头和鱼刺。母亲进来喊我们吃饭，说，喊了好几声都听不见吗?!

母亲突然成为家中收入最高的人，说不上是激动还是悲愤。总之，地位的急骤上升，使得她常常说话语无伦次，而且又显得过分热情，比如吃饭的时候，会主动给我们夹菜，她的筷子在空中夸张地画出一道抛物线，然后用力地落在我们碗里，有点尘埃落定的意思。其实，也不是鱼肉什么的，无非还是惯常吃的那些青菜黄瓜，好像经她的筷子那么一夹，就有了非同寻常的意义。

晚饭后，我和父亲下楼散步，天还很亮，路上依旧车水马龙。我们走得很慢，很多时候会停下来认真观察一幢楼，傍晚的阳光把楼房的影子重重摔在地上，它们比早晨看起来疲惫、臃肿多了——真的，只要你仔细观察，就会发现它们与前些日子有了变化。不过，除了我和父亲，没有人愿意停下脚步，好像人们总有着干不完的事情。

突然，有个女人从拐角蹿出来，张开手臂，拦住父亲。

陈工,我知道你就是陈工,你就是那个设计师陈工。女人的声音在颤抖,她个头很矮,头发胡乱地撇向一边,脸色不太好,眼睛里充满仇恨和哀怨。

5

那天拦住父亲的人叫杨秀梅,胜利建筑公司临时安装工小李子的老婆,父亲并不认识她,她也不认识父亲,但她从别处打听来的信息知道了陈工——我的父亲住在793宿舍楼里。如果不是几个月前的一场施工事故,她和父亲之间不会有任何交集。

父亲设计了一座会旋转的大厦,由胜利建筑公司承建,在砌筑到十一层时,北轴线上一根钢结构短梁突然倒塌,当时有两名工人正在梁上,一名就是杨秀梅的丈夫小李子,他正坐在横梁上小憩,将身上安全带的锁扣系在该梁上。那天很热,他将安全帽摘下来扇风,当他从高处摔下来时因为头部没有任何保护,当场死亡,另一名建筑工也摔成重伤。有人说事故原因出在隐蔽工程施工时,施工方和监理方沆瀣一气,偷工减料;还有人说是材料进场前没有经过严格的试验检测,材料不达标;当然,还有另一种说法,事故原因正是两名建筑工在没有佩戴安全帽的情况下违规操作。事故发生后,施工被叫停,施工方和监理方都受到相应的处罚,经调查,事故原因出在施工安全上,与设计方没有关联。

但也有人议论，说旋转大厦设计得太复杂，柱子密密麻麻，像走进丛林，柱梁之间连接的高强螺栓多得像天上的星星，施工难度强。

不知道父亲的辞职是否与此有关，尽管父亲从没有说过。当杨秀梅第三次拦住父亲时，父亲已经不像第一次那样心平气和地用我们听不懂的专业术语一遍遍地解释了。父亲弯着腰，脑袋向前伸出，似乎只有这样才能将要说的话倾巢而出。他的脸涨得通红，夕阳在他红色的脸上又抹上一层焦黄，那一刻的父亲多么像公园里拙劣的铜像。杨秀梅说，为什么要设计这么复杂的房子呢？为什么不设计个简简单单的房子呢？

父亲愣在那儿，像是被什么击中了，伸出的手臂还保持着最后一句话时的姿态，我看见夕阳像火苗印在父亲眼里，但很快就黯淡了下去。

再次被杨秀梅拦住的父亲已经不再开口说话，他的舌头变得僵硬，面色晦暗，父亲拉着我的手迅速跑开，试图把杨秀梅甩掉。我们东拐西拐，那些平常我们十分熟悉的街道、巷子，变得错综复杂，有好几次，我们被一堵墙拦住，或者走着走着，路就不见了。直到天完全黑透，我和父亲才在一个墙角蹲下来，大口大口地喘着粗气。黑暗笼罩，各种声音升腾起来，汽车的鸣笛，自行车的铃铛，商铺里的歌声，车轮碾过柏油路的声音，以及远处大型工业机械的轰鸣声交织在一起，每一种声音都在争相表达。很久过去了，我们都没说话，耳边有父亲的呼吸声，由于太过用力，如同啜泣。

可是,为什么要简简单单?为什么不能复杂呢?父亲在黑暗中突然自言自语道。

我和父亲慢慢往回走,进了小区,老远就看见母亲和三轮车大爷站在路灯下,她的脚边码着两捆东西。父亲疾步上前,似乎顿时明白母亲叫我们饭后散步的真正用意。

这个不能卖。父亲打算去提那两捆图纸。

母亲抢先一步抱住它们,说,不能卖,家里还有地方搁置吗?

他们在路灯下拉扯了几下,捆扎图纸的尼龙绳就断了,图纸散了,风挑事似的从地上包抄过来,吹得到处都是。突然,母亲号啕大哭,用力地跺脚。这下,父亲慌了,不知道先捡图纸还是该劝慰母亲。母亲的哭声誓不罢休,捡回来的纸片又前仆后继,父亲弓着腰在纸片和母亲之间来来回回。总之,那个晚上,父亲狼狈极了,他的长腿和长胳膊显得那么多余,甚至尴尬。

6

母亲迎来人生的第一次"因公出差",出差带来的喜悦让她很快忘记不久前与父亲的那次争吵。临行前她特意做了一桌菜,似乎要表示某种新征程的开始,她给自己倒了点米酒,因不胜酒力,脸很快就红了,说话也颠三倒四,为我们夹菜的频率也明显变高。其实母亲不过是单位里的一名小组长,阴差阳错获得一次去外地学习的机会。母亲叮嘱我在家要听话,要早起,要多喝水，晚上睡觉要把窗帘拉上，还要好好学习，做人上人——如果我不及时打断，她能没有穷尽地说下去。母亲对我交代完毕后又转身面向父亲，突然眉头皱起来，愣在那儿，似乎对他没什么想说的。

母亲出差的日子，父亲待在书房里的时间更长了，有时我半夜醒来，书房的灯还亮着，我推门进去，父亲正伏在桌上写字，看见我，眼睛用力眨眨，好像要努力看清什么。你不困吗？我问父亲。父亲不知所措地笑笑，站起来，把我拉到桌前，指着图纸上密密麻麻的数字说，你看，看着它们就不困了。

父亲天亮才从书房走出，母亲不在的日子他格外珍惜待在书房的机会。我们一同吃了早点，下楼前我才发现红领巾不见了，父亲帮我到处翻找，仍不见那一抹红色。我使劲回忆，昨天是不是掉路上还是被我放到哪儿了，眼看快要迟到，父亲突然一激灵，说，有了。我以为是红领巾找到了，他将我拽进书房，从柜子里找出红色颜料和画笔，迅速在我的白衬衫上画起来。

人得学会应对，你说是不是？父亲一边画着一边对我说。得益于他画过若干建筑图的功底，"红领巾"很快就逼真地飘扬在我的胸前，父亲送我到学校，在晨曦里向我挥手作别，他用左手指指自己的胸前，似乎还沉浸在创作的得意之中。

可想而知，如你们所料，还没到放学，我的"红领巾"就淌得到处都是，白衬衫变成花衬衫。早晨父亲没找到丙烯颜料，急忙用油画颜料代替，因为很难吹干，中午的一场小雨就让它面目全非了，衬衫上红一块白一块，这让我十分尴尬，整个下午心情都极其糟糕。

比我心情更糟糕的是母亲,当她出差回家,看见崭新的白衬衫被搞成这样,整个人都爆炸了。母亲爆炸的范围很广,波及父亲、我,以及书房里的两盆花。

至少,我们是在解决问题。父亲向母亲解释,他的意思是至少解决了我今天升国旗没有红领巾的问题,而衬衫被弄坏了那是另一个问题。

母亲哪里能听得见解释,哭诉着,从小小衬衫的命运一直哭诉到自己的命运。

那天晚上,我快要入睡,父亲突然开门进来,每次我被母亲训斥或遇到不开心的事时,那个晚上父亲一定会悄悄来到我卧室,我总是装作熟睡的样子,一动也不敢动。父亲会在我床边坐下,小声地近乎自言自语地安慰我几句,或者在枕下塞一张纸条,纸条上写着诸如"相信这个世界是美好的"这类句子。

父亲坐下来,床轻微地下沉,我在黑暗中悄悄睁开眼睛,父亲黑黑的身影格外瘦削,他一动不动地坐着,我不知道是自己又睡着了还是父亲一直都这样沉默,很久之后,他才起身离开。

7

那段日子,是我们家战争的繁盛期——我想不出更好的词语来形容吵架之频繁。母亲和父亲,母亲和我,我和父亲……这也是我很快学会三位数之间的排列组合的原因吧。

我和父亲的第一次争吵发生在我十二岁那年,我的身体在这一年又向上拔高很多,大概也得益于每餐母亲对我近乎疯狂地夹菜。

那天班会上,老师让我们用几句话描述各自的儿童节心愿,这是我们的最后一个儿童节,同学们踊跃站到讲台前,他们无非是想要新书包、新文具盒,看海豚表演,吃一年肯德基之类实际又无耻的心愿,只有我希望有一幢飘浮的房子,像气球一样,在天空中"冉冉升起"——我用了一个刚学会的词语,可还没说完,教室里便哄堂大笑,笑声像正午烈日下的豆荚在地里砰砰作响,教室里沸腾了。我越解释,炸裂声越大,炸裂声越大,我越要解释——每个字在我嘴里碰撞,蹦跳,变形,我结巴起来,最后不得不伏在桌子上一阵痛哭。

这是我有生以来(如果十二岁也可以这么说的话)最痛苦的一天,痛苦并不是来自同学们的哂笑,而是我感到从前那个鲜活浪漫神奇的世界正一点点从我眼前褪去,它们变得僵硬,死板,了无生趣。

我和父亲的那次争吵发生在天台上,那天天台上正在安装广告牌,几个焊工将几块铁皮蒙着的钢骨架死死地焊在天台四周。

这广告位是经过合法拍卖的,你不得阻拦施工。安装工人一边对父亲说一边继续电焊。

父亲与他们交涉,从请求到阻拦,均无效果。父亲退在一旁,无奈又沮丧地看着四周逐渐被包围。

其实楼房是不会转动的。我站在父亲身旁突然说道,我觉得这是最好的时机,有种火上浇油的痛快。

父亲愣在那儿,显然被我的话惊讶到了,他看着我,似乎不太明白我的意思。

楼房是不会转动的。我又大声说一遍。

父亲看着我,这时的他神情忧伤,嘴角动了动,试图想解释什么,还没开口,我便继续说道,楼房不会折叠,也不会移动,桥也不会卷起来,也没有像森林那样的楼房,我们的楼也不能像魔方那样旋转——我几乎声嘶力竭,每一个音节像凌厉的石子砸在父亲瘦削的身上。

你可以——父亲结结巴巴地说,我们每个人……都有神奇的大脑,我们的想象力——

可是,什么都不是。我语无伦次地打断父亲,我说起班会上的事,说起自己可笑的心愿。我无法表达我的悲伤,仿佛自己不再感知太阳从何方升起,又落向哪里,我只看到楼房倒塌,又拔地而起,春天来了,又去了,我一天天长高,世界一点点变坚硬。好像一扇门被关闭,另一扇门打开,十二年生命所有的经验都暗暗对即将发生的一切注入疑虑。

只要我们有想象力,我们就可以——没有想象力的世界将是——父亲试图宽慰我。

我立即捂上耳朵吼道,我不要听,我不喜欢这个世界。

你的心愿是要悬浮的房子,是吗? 父亲小心翼翼地询问,是——是紫色的吗——

够了，我捂着脸哭，不知道是对父亲的询问够了，还是对这个越来越真实的世界够了，我想起贴在卧室门上像气球一样飘浮在空中的房子，心里十分难过，我的世界被什么控制，顿时失去美妙的感觉。

这是我最后一次和父亲一同站在天台上，就连这个曾经是我们乐园的天台也在改变，它们退回到"天台"这两个汉字的本意中去，不再具有任何浪漫和温暖的意义。

父亲低着头，像犯了错，过了很久才说，你不一定要相信，你只需记住就行。

8

儿童节到来前，父亲变得十分忙碌，除了把自己关在书房里写写画画，其余的时间几乎都待在天台上。不知道父亲从哪儿搞来了一些材料，钢管、铝材、隔热板、预制块之类的，在天台上叮叮当当忙活起来。

站在天台上已经无法看到四周的景物了，被一人半高的广告牌遮挡得严严实实，只有一个电焊时戳通的小洞，脸凑过去，只能瞥见近处的一点楼尖。我将一只眼睛对准小洞，看会儿，再换另一只眼睛看会儿，四四方方的楼房，笔直的楼房，现在它们在我眼里毫无生气。黄昏猝不及防到来，车灯不经意地亮起，白天就结束了，稍早夕阳在墙面上打出笨拙的阴影，这是楼群极其抽象的时刻。

我不愿意再爬上天台，梯子还架在检修口处，有时我往上爬，探出脑袋看一眼就下去了。照常能看见父亲弯腰在测量什么，他在地上进行放样、切割、组装，有时又匆匆跑到书房里进行计算，我并不知道父亲在捣鼓什么，母亲也不知道，母亲对于自己搞不明白的事总是充满愤怒，她在卧室里和父亲吵架，在书房里和父亲吵架，最严重的一次是在天台上和父亲吵架。天台真是一个奇妙的地方，那些浪漫奇幻的时刻总是和它有关，当然，绝望和心灰意懒的时刻似乎也经常发生在天台上。

儿童节前一天，我趁父亲不在，独自爬上天台，不能确定父亲要做的是不是我的儿童节礼物——能够飘浮的房子。因为天台上一片狼藉，看不出任何和房子有关的迹象。那一刻我的心情很复杂，期待、沮丧，以及气愤。

为表达悲愤，我又悄悄潜进父亲的书房，将那摞画满房屋图形的图纸偷出来，点上煤气灶，火苗像水边的小浪花在图纸上游动，图纸慢慢打卷，在变成灰烬前被我迅速扔进水池，拧开水龙头，将它们冲走。我为自己没有留下任何痕迹而得意，得意之后却又无比悲伤，好像与从前的一切进行了决裂。水池壁上残留着一小块指甲盖大小的图纸，黑色线条像鱼鳞一样。我将水池底阀塞住，继续放水，直到那片图纸在水中摇曳起来，我认真地看着，突然悲欣交集，真的，它像一条鱼似的自由又禁锢地游动。

后来，我去了卫生间，水池越来越满，我忘记关水龙头。当我反应过来，厨房和客厅的地面已经流水淙淙了。我准备着母亲回来训斥一顿，出乎意料的是，母亲将矛头指向父亲，认为父亲不看管着我，才使我闯这么大祸。看着父亲低声下气地解释和道歉，我有种幸灾乐祸的得意。这是母亲与父亲的最后一次战争，因为我的缘故，不管从战争人数还是从战争核心问题上都达到了高峰。

那时候他们之间已经没有感情了。这是母亲说的，为了证明自己的话，母亲将父亲赶到了书房，她把被子和折叠床扔到书房里，气咻咻地将门用力撞上。

父亲顺理成章地躲进书房了，他变得比以往更沉默更孤单，图纸的失去对他打击很大，很长一段时间他都显得失魂落魄，常常木然地看着我，似乎对此心知肚明，但父亲从没有问过我，而是继续伏在书桌上写字。那段时间，父亲开始拼命写作，以期获得更多稿酬贴补家用。我在报纸和杂志上都看过他的文章，那是另一个父亲，冷峻又理性。的确，他每天都在写着，案头上还有很多写满字的纸片，上面有不知道是否可以称作小说还是日记的片段：

那天我和徐工、吴工去工地，大家在车上讨论建筑设计与想象力的关系。徐工说，建筑设计永远不需要想象力，要的是你洞悉社会问题，并且想办法利用建筑设计的工具以及协调和解决社会问题的能力。吴工的观点和徐工一致，也认为建筑更多的是解决问题，如何用建筑去解决城市、场地、功能、气候等等人的居住问题。他们告诉我，实际上，工作中是不需要想象力的。我没有接茬儿,但并不认同。

今天在杂志上看到一个建筑作品,它的图像和叙事如此疯狂和古怪,但是又如此容易让人接受,好像我们随时都有可能走进任何一个建筑里。他们很私密,很具有张力,是对世界的建造者——建筑师力量的有力证明。

1916年,爱因斯坦在分析宇宙时发现,根据广义相对论,宇宙是不平衡的,它要么是膨胀,要么是收缩。如果仅仅存在万有引力,那么星系之间应吸引而相互靠近,宇宙应是在收缩。为了使宇宙趋于平衡而完美,爱因斯坦给宇宙方程加了一个常数。但是,随着人类观测技术的发展,哈勃望远镜观测到宇宙非但不是收缩,也不是平衡的,而是在膨胀着,为此,爱因斯坦才取消掉了宇宙常数。但是,问题也出来了:是什么力在使宇宙膨胀呢?

从反重力的初次提出起,科学家们就开始寻找反重力,用各种各样的方式试图制造反重力装备。

1948年,富勒在黑山学院演讲中提到了一个概念——Small islands of compression in a sea of tension。他比喻宇宙中的天体,就像是飘浮在万有引力的拉力海洋之中的、受压的孤岛,大自然中有"间断压、连续拉"的现象。对受过结构分析训练的人来说，它由"不连续的受压构件"和"连续的受拉单元"组合构成，因为构件之间互不接触，所以看起来就像悬浮在空中一样。

如何保持悬浮平衡，必须满足两个条件：1.合力为零；2.合力矩为零。则 $T1=mg+T2$；$mg*Rg=T2*R2$

$$m1v1+m2v2=m1v1'+m2v2'$$

…………

越往下，我越难看懂，专业，艰涩，文字变少，几乎都是字母和数字，以及令人费解的公式。

9

母亲和父亲逐渐"关系破裂"，母亲一遍遍地向我述说这几个字，以表示对父亲的不满。她的工作越来越顺风顺水，很快从小组长晋升为部门主任，薪水自然也高了，母亲给我零花钱时显得十分豪爽，她将票子在手掌上用力一拍，发出欢快的声音来。

父亲偶尔还在做他的研究，准确地说，是研究能够飘浮于万有引力中的房子。我觉得父亲已经不是在为我的儿童节制作礼物，因为儿童节早已过去，我也已经长大。父亲似乎是在和所有人对抗,和这个充满规则和秩序、没有想象力的世界在对抗。

我有时推开书房门, 喊他吃饭——如果这是电影画面的话,应该采用蒙太奇手法,门外的人从一个十二岁的男孩逐渐变成和父亲一样又高又瘦的小伙子。

是的,我已经长大。

在我去外地读书的那几年,父亲老了很多,我依旧会推开书房门喊他一声,父亲在台灯下抬头,额头上密密匝匝的皱纹,他已经谢顶了,当他低着头时,头皮光亮地在一圈稀疏的头发中突显出来。他曾在一篇文章中谈到自己:刚谢顶那会儿,有点裸露的羞涩和不好意思,很难为情。下雪时,寒风裹着雪片吹打在我裸露的额头上。那一刻,仿佛我一个人顶着这个世界所有的寒冷和重力。

我没有立即关上门,而是走了进去,在他的书架和书桌上随意看着。父亲显然很意外,连忙从椅子上站起来。这些年我们很少说话,仅有的几句寒暄都极其敷衍和客套。我记得我们最后一次愉快地畅谈是在儿童节班会之前,我指着贴在门上的画,那幅如同气球一样飘浮在空中的房子。我问父亲,他想住在哪一幢? 父亲说绿色的那幢吧。我又问父亲,它们会不会飞得和星星一样高? 父亲点点头说会的。可是,我急切地说,可我找不到你怎么办? 父亲笑了,说,不会的,我房子里的灯是温暖的黄色,当你看到天上有很多星星时,那颗闪耀着黄色光芒的就是我的房子呀。

我曾活在一个充满奇幻和想象力的世界里，多么生动，多么丰富多彩，它不像长大之后认识的这个单调和乏味的世界。说不清究竟是谁夺走了这一切，还是受到了欺骗。不过，我早已原谅父亲，但我却无法理解他。

那晚，在我临睡前，门突然被打开，是父亲，他很久没有进来了，很显然，我们彼此都有些不自然。我刚躺下，又僵硬地坐起来。父亲不知道该坐下还是站着，不知所措，最后为了表示某种亲密，他很拘谨地坐在床沿上，背对着我。他的背有些驼了，身体明显向前倾。他两手交叉着，又分开撑在床沿上，来回几次后才开始和我说话，问我最近的情况，这次回来多久等等。他好像并不关心答案，没等我回答完又开始下一个问题。有一阵，我们都不再说话，沉默是负空间，声音的缺席，空气有种下坠的力量。

终于，他离开了，我们都感到释然。在门打开的刹那，他突然转身问我，一个父亲，怎样才算是伟大？

和刚刚一样，他并没有等我回答，门便轻轻关上了。

一个父亲能得到孩子的爱，那么，他就是伟大。这是我的答案，但我没有说出来。

10

很多年后，我仍然记得那个晚上，我和父亲小心翼翼地说话，像两个陌生人。父亲离开后，我很久都无法入睡，耳边有各种声音，声音是我与这个世界的唯一联系。

那一夜，我做了个梦，梦见我们这幢楼成为危楼，很快就收到了搬迁通知，唯独父亲不愿离开，楼里已空荡荡时，父亲仍然在天台上，通知上说危楼拆除将采用爆破方式，我和母亲轮流劝慰他，均无作用。那天早晨，爆破装置已全部完成，人们站在地面上仰头看着，他们并不知道天台上还有父亲和他制作的房子。这使我想起了《海上钢琴师》，那个始终不愿上岸的1900。一声巨响后，楼体坍塌，这座我曾以为的魔方一样的房子倒塌了，灰尘腾空而起，人们仰着头观望。突然，有人尖叫起来，快看快看。灰尘之中有个紫色的巨型物体轻轻晃了一下，然后慢慢升起。当它越升越高时，才看清是一座紫色房子。它像气球一样轻盈。

现实中，那座楼很快也拆除了，我工作，结婚，生子，一切在时间的巨轮下前进，我很少回忆过去，时间过滤掉太多往事。

我和妻子在新的城市生活，我每天六点起床，六点半出门，六点四十五挤上地铁，八点前到达公司，八点十分高层晨会，九点部门会议，十二点方案讨论，下午一点会展，四点接儿子放学……这就是我忙碌又充满秩序和规则的生活，时刻都处于一种待命状态，只有在等儿子放学的那几分钟里我可以放松下来，听身边几个少妇或爷爷奶奶们聊聊八卦，但我从来不参与。只有一次，两个女人说起日本设计出一幢会悬浮的房子时，我走过去打断了她们：不可能，没有的，房子怎么能悬浮。

两个女人很惊讶地看着我，但并没理会，她们继续聊着，说日本因为处于地震带,常年的地震让政府苦不堪言,这个消息她们也是从新闻里看到了,已经部分投入使用,这不是《飞屋环游记》里的桥段,而是房屋在地震发生时会自动悬浮,脱离地面,像气球一样飘浮起来。

谈论的人越来越多,不少人是刚刚看到了新闻。后来,他们又谈论会"移动"的房子,因为房屋地基下装有滚轴和轨道,楼房就能迁移到不同位置,这主要用于道路拓宽或房地产开发地老建筑保护等。很多城市已逐步采用该项技术。

人群里有人感慨,这个世界是属于那些敢于大胆想象的人。我侧耳倾听,身体的每个细胞都因此而感动。

儿子从幼儿园出来,我还呆愣在那儿,小家伙哭闹着不肯坐车回去,非要"换一条路",我们不得不沿着马路向前走,从一条巷子穿过去,再经过一个广场和建筑工地。工地已经停工了,不知道停工原因,总之一切都像摁下了暂停键。

我们从砂石堆穿过,翻过一截砖墙,但儿子提议歇一歇,他对这个工地充满了兴趣。我们坐在一块混凝土平台上,平台下面的基础还没回填,钢筋捆扎的铁笼像巨兽横卧在地下,儿子问,这是什么?

建筑钢筋。

它是干吗用的?儿子又问。

做地基用的。我说。

地基是什么?他继续问。

地基——我愣住了,差点对他说出"地基是指建筑物下面支撑基础的土体或岩体"。我想了想，换了种说法，地基就是房子的根。

房子为什么要有根？他打破砂锅问。

如果房子没有根，我不紧不慢说着，房子就会像气球一样飞起来——

啊！儿子尖叫一声，明显是兴奋的。

我也笑了，因为看到他的小脸上神采飞扬，我好像被什么鼓舞着，血液沸腾。我告诉他，我小的时候，曾住在一个魔方一样的房子里，每过一段日子房子会自动旋转，住在西边的人会转到东边去，住在底层的人会转到顶层。还有，我继续说道，我家南面的楼房会折叠，北面那幢楼房会移动，再北边还有一座桥，它冷的时候自己会卷起来……

由于惊讶，儿子一直张着嘴，眼睛一眨不眨地看着我，瞪成铜铃，我分明看到那对黑溜溜的眼睛里正放着光。

这是真的吗？爸爸，是真的吗？儿子兴奋又急迫地问，但他似乎并不需要答案，整个人沉浸在一种难以抑制的幸福之中。

我看着他，眼睛有些湿润，那些我被父亲抛掷出去的瞬间，被倒立的瞬间，以及和父亲站在天台上看密密丛丛群楼的夜晚，都在我的眼前出现。

我跳下平台，将儿子扛在肩上，慢慢往回走。

暮色四合，我在黑暗中拽着儿子的小手，小声地说着，仿佛也是对自己说：你不一定要相信，你只需记住就行。

追杀罗小四

1

罗小四夜里听见磨刀声,嚯哧,嚯哧,嚯哧……是那种宽边菜刀与灰色磨刀石用力摩擦发出的声音,声音里带着水汽,水汽又拽着声音,黏滞不前,再被刀片一层层剔出去,随着青灰色又夹杂着铁锈黄的水,一点点沿着井边台阶往下滴。很快,菜刀便明晃晃的了,与月色同辉,来来回回间,声音被切得只剩一个音——嚯!嚯!嚯!短短的,脆脆的,硬硬的,一声催着一声,一声追着一声。

罗小四从床上惊坐而起,额头渗出几粒汗珠儿。他捞起枕头在脸上胡乱擦了擦,明白刚刚并没有听到磨刀声,只是一个梦,这个梦和前一晚他的老婆王小梅告诉他的事有关。王小梅说,毛二强正在井边磨刀呢,嚯哧嚯哧响了一晚上,整个村子都听得到。

毛二强磨刀要杀罗小四的消息瞬间传遍了小官庄。

罗小四不在小官庄,他离开小官庄已有五年,这五年里他换了不少地方,徐州、婺源、丹东、同德、昭通……去过的地方多到罗小四的两只手都数不过来,天南海北,他觉得自己所有的智商都用在躲债上了。这五年中,关于毛二强的消息都是从老婆王小梅那儿得知的,通风报信这事王小梅一直做得很好。有几次毛二强已经到了罗小四所在的城市了,如果用电影的表现手法:镜头在不停切换,音乐节奏加快,鼓点加重,咚!咚!咚!眼见着离他越来越近,就在最关键一刻,啪。音乐停。两人错开。背道而驰。罗小四顺利逃脱。

王小梅告诉罗小四,前一晚毛二强来家里了,要她说出罗小四的下落。当然,王小梅是不会听他的,这一点,罗小四极其放心,他甚至能想到王小梅像刘胡兰一样把那头齐耳短发用力一甩的样子。

毛二强和罗小四是同学关系,只同窗过两年,小学一年级和二年级,二年级之后毛二强辍学去外地"混江湖"了。"混江湖"这词是毛二强自己说的,等他再次回到小官庄时,已经二十七八岁,人长得五大三粗,一身雕龙画凤。毛二强约老同学们出来聚聚,喝酒、唱歌、斗地主、搓麻,罗小四也在受邀请之列。彼时罗小四已结婚,有个儿子,在镇上汽车钣金厂上班,工作较为轻松,内行人叫敲铁皮子,汽车壳撞坏了,凸了,瘪了,小榔头颠几下,线条就又流畅起来。

罗小四喜欢听毛二强讲外面的事,很"古惑仔"的感觉,虽然那时镇上也有网吧,也有电影院,但从毛二强嘴里绘声绘色道出更有味道。毛二强吹牛时喜欢把袖子撸起来,露出青蓝色文身,点一支烟,舌头一卷,烟从嘴角左侧游到右侧,很有那么点意思。毛二强将手搭在罗小四肩上,罗小四比他矮一个头,身子瘦削,毛二强说,小四是我的同桌,我是他"同桌的你"。毛二强说完露出一排焦糖色牙齿哈哈笑起来,大概觉得自己这话很幽默。

这时候,罗小四也跟着嘿嘿地笑,他很高兴混江湖的毛二强能看得起自己。

罗小四被毛二强带着搓麻几次居然有点上瘾,当然,这也得益于小时候奶奶对他的"早教"。据说学走路前罗小四都是被奶奶抱在腿上去打麻将,有一次,奶奶犹豫着出什么牌,五岁的罗小四很淡定地指着四筒说,打这张。

罗小四玩了一段时间麻将后,又跟着毛二强学会了"炸鸡",麻将换成扑克牌,罗小四好不适应,手上长期捻麻将结成的茧子一时无用武之地。"炸鸡"多是靠运气或胆量,这两点罗小四都欠缺,然而他又是不服输的人。这点让罗小四自己都觉得好奇怪,为什么这种不服输的精神没在上学那会儿体现出一星半点呢?

那两年罗小四对"炸鸡"甚是痴迷,每天早出晚归,搞得像上班一样勤奋,坐着毛二强的摩托出门,夜里回来,在沙发上睡一觉,次日一早再离开。那段日子家里也不安宁,母亲的谩骂,妻子的抱怨,儿子的哭闹,他一刻都待不下去,每当摩托车从小官庄驰骋而出,他的心情便愉悦起来,眼前的景物渐渐迷离了,一张张扑克牌飞舞着,同花,顺金,三张。他凝视,琢磨,计算,猜测,乐此不疲。

罗小四就是那时候和毛二强结下这段孽缘的。他向毛二强借了一万八千元赌资,一个月后,罗小四又加借两千元。

好在罗小四很快就幡然醒悟了。幡然醒悟这词不是在每个赌徒身上都会出现。

罗小四突然觉得自己的人生走偏了,这样下去只会妻离子散。可是,当罗小四决心回到正路上,想好好过日子的时候,毛二强找上门了,他欠下的两万元已经滚到了六万。

六,六,六万。——罗小四把这个数字念了一遍,他有点口吃,一激动,字句在嘴里横冲直撞。他说,二强,毛,毛二强,你心,太太太黑了。

毛二强说,你又不是不知道,从我这儿拿的都是高利贷。

2

罗小四洗心革面后,像换了一个人,胆小、谦逊、好学。如果不提及他曾经那些烂泥一样的生活,谁都以为罗小四是一个踏踏实实、本本分分过日子的人。

而后来的毛二强逐渐做大,手下带了几个兄弟,要债方式心狠手辣。来罗小四家打砸过几次,尔后,隔三岔五来闹一闹。

罗小四决定外出打工,是在债款滚到十二万的时候,换一种说法,也叫躲债。他知道毛二强有个特点,就是一人借债一人当,所以并不会为难罗小四的家人。在此之前,罗小四求情过,下跪过,但毛二强分文不让。罗小四不知道这十二万是怎么算出来的,雪球继续滚动,昼夜不停,十二万和一百万对身无分文的罗小四来说,没有区别,都是天文数字。

下半夜,罗小四没有继续入睡,而是立即卷铺盖走人。昨晚王小梅说,毛二强知道他在沛县,在哪个钣金厂似乎并不知道。罗小四本想先睡一觉,次日早晨再离开,可半夜的梦让他毫无睡意。以他对毛二强的了解,一旦知道自己的下落,定会连夜赶来。这几年罗小四没少逃亡,前年,毛二强扬言要剁掉他的一根指头;去年说是要卸掉罗小四一条腿;到了今年,直接要他的命。可见利滚利的幅度之大。

天刚亮,罗小四就给和他一起在钣金厂打工的老乡小武打电话。他说家里出了点事,必须立即动身,所以没跟他打招呼。显然,罗小四撒了一个谎。他让小武帮他向老板要一下剩余的工钱。小武还在睡梦中,支支吾吾地应着。临挂电话前,罗小四还是忍不住问小武,最近有没有和毛二强联系?小武突然就清醒了,提高了嗓门儿,他说罗小四,你怎么能冤枉人。我跟你和毛二强的关系,你又不是不知道。

罗小四被这句话噎住了,如果要说小武和自己有什么相似之处,那就是他们都是毛二强的债务人。至于小武的钱滚到了多少,罗小四并不知情。想必是个小数目,因为小武并不像他这样愁眉不展,况且,毛二强没有追杀小武,由此可见,与罗小四的相比,不足一提。

罗小四一天没吃东西,这会儿感到饿了,他打算给自己买碗面,四个钢镚儿已攥在手心里,但还是放回了裤兜。这一天都没干活儿,有什么资格吃呢。钢镚儿在裤兜里碰撞出两声,叮——当——当,罗小四心一惊,难道这就是人们所形容的穷得叮当响。不过,罗小四又转念一想,现在每攒下的一元,就是将来的一千元。这是以高利贷的算法计算的。罗小四咽了咽口水,继续赶路。

罗小四到车站时给王小梅打了电话,告诉她自己跑出来了,还没想好下一步要去哪儿,不过,这月的工钱还没来得及结呢。王小梅在电话那头沉默了一下,问,那工钱还要得到要不到呢?王小梅关心的是后者,这让罗小四心里有些不舒服,他正要嘟哝几句,突然发现不远处的卫生间门外站了个人。是毛二强。罗小四吓得腿一哆嗦,赶紧往人群里退。对方低头点了支烟,抬头的刹那像是看见他了,丢了烟迅速向这边跑来。罗小四也疯狂奔跑,铺盖卷儿啪啪地抽打着两侧的人。广播里有个男声正在说着什么,罗小四什么也听不见,耳边嗡嗡的,他感到腿软,恶心,胃里有苦水阵阵往上涌。他突然后悔为什么一天没吃东西,责怪自己为了省下几块钱以至于现在逃命都没力气。罗小四一边跑一边瞟向对方,速度将一切变得模糊起来。

这时,一辆中巴在门外的停车场停下,跳下一个售票员大喊,上车就走,上车就走。候车室里人流涌动,一群扛着蛇皮袋的中年男人站起来,挨挨挤挤向门外小跑而去。罗小四快步上前,也迅速挤进人群。他将铺盖卷儿顶在肩上,以此挡住脸颊。"蛇皮袋们"用力将前面的人往车上拱,明眼人都能看出,这些都是和罗小四有着同样农民工身份的人。

罗小四踏上中巴后,车门立即关上了,他迅速朝隐蔽的位置挤过去。再往候车室看时,毛二强正怔怔地立在玻璃门里面,大口大口地喘气。他又给自己点上一支烟,等抬起头时,罗小四才发现,此人不是毛二强。

罗小四长嘘一口气,一场虚惊,他闭上眼,瘫坐在椅子上。

环顾一周,像他一样背着铺盖卷儿的不在少数。这是属于他们的专车。富人们从来不会坐它。富人也包括毛二强。车慢慢驶出车站大院,售票员开始售票。票价极其便宜,约等于午饭省下的硬币。

罗小四问售票员,这辆车开往哪里?对方说了一个地名,某某市,罗小四没听清,只听到最后是"市"字,罗小四嘴角微微上扬,心想,不管去哪个城市,跟着这些"铺盖卷儿"就不怕找不到活儿干。

罗小四不小心睡着了,醒来车上竟没几个人了,"铺盖卷儿们"都下了车,此时只剩下三四个鹦鹉般五颜六色的中年妇女。

车很快进站了,是终点站,群山环抱中一个简易的停车场,罗小四被"鹦鹉们"推挤着下车,站在砂石铺就的停车场上呆愣好一阵。

这是一个景区,从三三两两的游人身上便能看出,人们拿着自拍杆,煞有介事地做出专属拍照的各种姿势。

远山叠翠,云雾缭绕,绿色掩映中有几爿金色屋顶,罗小四正在疑惑,便被一个游客撞了一下。路太窄了,铺盖卷儿挡了别人的道。一侧的墙上用石灰刷出四个大字:旅游胜地。说真的,罗小四这辈子还没旅游过,多么陌生的词啊,而此刻,他如果跟着那些人一起往前走,走到那个金色的屋顶处,沿路再看一看从前忽略的花草树木,这,不就是旅游吗?

罗小四随游人拾级而上。路陡峭起来,柏油路变成砂石路,坑坑洼洼,有的地方还能看见明显的车辙,但很快路面更窄了,几级石阶逶迤曲折,日积月累地被踩出凹陷。往山下看,停车场的中巴车在山雾的笼罩下,如剪影一般,显得分外沉寂萧索。

继续向前,十来步后,豁然开朗。一扇红漆大门,雕栏玉砌。牌匾上写着三个瘦金体字:上林寺。

原来是一座寺庙。

跨入门槛,迎面一尊大佛,庄严而肃穆,罗小四也学别人跪下磕三个响头,刚转身,却被一侧的几尊张牙舞爪的佛像吓住了,佛像有两人高,或怒目而视,或手舞钢鞭。罗小四脚下一个趔趄,正惶惶时,看见一个身着黄色衲衣的小和尚正伏在一张矮桌上掩面而笑,小和尚眉清目秀,手持一本经书。罗小四连忙上前向小和尚鞠了个躬,快走两步,进得院中,方才觉得古寺之幽深。

庭前略显开阔,种有两棵井口粗的榕树,褐色气根婆娑垂下;大雄宝殿威严庄重,檐角飞翘。几名香客坐在前面的台阶上，静静看着虚空处。罗小四在每尊佛像前都虔诚地拜了拜，要保佑的话说了不下百来遍。他想，佛祖也该记住了吧。

此时他也坐在一级石阶上，心情大好，与半夜逃亡时相比，像换了一个人。

稍歇片刻，罗小四起身在寺庙里四处走，时间尚早，他并不急于下山。

四周寂寥，间歇，却传来阵阵叮当声，这声音罗小四熟悉得很，是金属与金属之间较量的声音。他随声音继续前进，曲径通幽处，有几间禅房，发现绿色掩映中有人在干活儿，那叮当声便来自此处。

钣金？罗小四第一反应以为是遇见了同行，他把铺盖卷儿丢在一边，蹲下来看对方干活儿。手持小铁锤的是个干瘪小老头，像一团皱巴巴的纸，脸黑黑的，手倒是白净，小锤有节奏地啄着，叮叮，嘛嘛，叮叮，嘛嘛。罗小四伸着脑袋，再仔细端详，才发现此人敲的不是铁皮，而是铜皮。

罗小四觑过去，小声问，这是在敲什么？

敲佛。老头说。

3

罗小四每每回忆起那天，都觉得不可思议，好像是老天的旨意——哦，不，不对，是佛祖的旨意。他已经记不清那个傍晚敲佛像的人是怎么递给他小锤子的，自己又是如何敲了起来，好像一切都是那么顺其自然。对方或许原本要等另一个背着铺盖卷儿的工人到来,或许急需一个敲铁皮子的加入,总之,罗小四就这样留下来了。

皱巴巴的老头叫蚕豆,姓李名蚕豆。他说名字是他奶奶取的,奶奶爱吃蚕豆。

蚕豆说完,问罗小四叫什么。罗小四说了自己的名字,他的一颗牙在几个月前磕掉了,一直没舍得去补,所以每个字听起来都像翘舌音。罗小是(四),他的五官一皱,一张脸像极了"四"字。

铜比铁贵多了,更何况他敲的是佛像。同为敲皮子的蚕豆显得比罗小四高贵几分。罗小四看蚕豆手中的铜皮,从正面看,看不出是什么,但从背后看,脚指头就一个个地显现出来了,很有意思。蚕豆递来一把铁锤,罗小四便沿着铜皮上隐约的线条敲着,叮叮,嘛嘛,叮叮,嘛嘛,这声音不同于铁皮子,脆脆的,略带一点回音,将四周的寂静驱赶得七零八落。

晚上罗小四就住在禅房旁边的披厦里,这是寺庙借给蚕豆的临时住处。蚕豆洗了几棵蔫巴巴的青菜,淘了两捧米,做了顿菜饭。屋里除了一张床和一个电饭煲没别的东西,没有凳子,两个人就并排坐在床沿上吃。罗小四发现了调料瓶旁边立着一只空瓶,里面居然插了一朵棉花,棉壳张开着,云朵一样的棉花被轻轻托着。

从老家带来的,蚕豆说。罗小四刚要去触碰,就被蚕豆用筷子打了手。先去洗手,蚕豆说。罗小四将手缩回,用眼睛看,也不摸了。

天已经黑透,寺庙里十分安静,一只野猫在禅房屋顶忽地一蹿,弄得瓦片哗哗作响。罗小四吃了一惊,举头看屋面。蚕豆倒是习以为常,猫,他说,发春了。说完继续埋头吃饭。

他们挤在一张床上,说是床,不过是砖头架起的两块门板,占了小屋的大半空间,罗小四把铺盖卷儿放下,铺平,竟有种家的感觉。蚕豆叫罗小四往一边睡去,自己紧挨着,靠墙处空出一人位置。蚕豆说还有个同伴要睡,他上夜班,在山下,夜里回。说完顺手将灯绳拉灭,月光猛地泻进来,又被格子窗户筛得细碎,落在地上粒粒可见。罗小四想起前一晚梦里的月光,明亮得有些惨烈,而此刻,月光恍惚豆粒滚动。

月光隐隐移动,从地面悄悄向床边爬去,一直爬上那株棉花。白色又覆盖了一层月色,更加洁白剔透了。晚饭时罗小四问蚕豆为什么要带一株棉花进城,蚕豆说,留个念想。罗小四没多问,他不知道蚕豆说的念想是家乡还是家乡的人。不过,这时候,黑夜潺潺,罗小四十分想念自己的小官庄。他离小官庄最近的一次是在前年冬天,在县里的钣金厂干了四个月,县城离小官庄只有九十公里,后来在街上遇见几个小官庄人,罗小四不放心,怕走漏了风声,才卷包离开了。离开的那晚,罗小四的眼泪一直汩汩地流,想起这几年过的日子,起早贪黑干活儿,攒一点儿钱都不够还利息,他不知道这种逃亡生活还要继续多久。他借别人手机给毛二强打了电话,是毛二强表弟接的,看来这厮已经有专人拿手机了。罗小四一开口就哭诉着,他祈求毛二强能不能只还个本金。话还没说完,对方就挂了电话。

半夜,屋里窸窣作响,一个黑影从罗小四身旁踩过去,床板吱嘎两下。罗小四刚要起身,被蚕豆摁住,蚕豆的鼾声抑扬顿挫,顿挫中和黑影招呼了一句,下班啦。黑影也回说,下班了。鼾声又连上去了。

后半夜罗小四没睡踏实,睡意在两股起起伏伏的鼾声中来来去去。一早,蚕豆就起来了,做了一锅稀饭。他的同伴还没醒,脸贴着墙睡得正香。

别理他,他叫神仙,在澡堂里上班。蚕豆向罗小四介绍。

罗小四和蚕豆去禅房前敲佛像了,神仙还没醒来。罗小四发现神仙睡姿很特别,脸朝下埋着,屁股微撅,像一只鸵鸟。直到两个月后进入夏季,澡堂没生意了,罗小四才见到神仙的真容。

蚕豆也是给人打工的,有个老板,能接一些寺庙的活儿,蚕豆跟在他后面几十年了,从知天命到古稀。罗小四愿意留下来一起干,这是在蚕豆给老板打电话说明情况之后。老板正需要熟手,罗小四正需要工作,于是一拍即合,两全其美。包吃包住,工资一月一结。

罗小四对这个工作甚是满意,主要是对工作地点的满意。他认为毛二强八辈子都想不到罗小四会在寺庙干活儿,况且,以毛二强的觉悟,他也不会脑袋一热往寺庙来求神拜佛。所以这里对罗小四来说简直就是庇护所。每天早晨,罗小四早早起床,在每个佛像前虔诚磕几个响头,祈求不被毛二强捉到,祈祷工作顺风顺水,祈求家中平安,当然,还要祈求早日还清欠款。对于最后一条,罗小四祈求时难免有些敷衍和力不从心。

罗小四很快就上手了，铜板在他的铁锤下发出确凿的叮叮之声，他用十六天时间就敲出了莲花宝座，莲花座有四层，其上枋、下枋再做四重，束腰部分每面用铜丝勾出壶门，转角部位做出束腰柱，束腰柱为莲瓣形，下部做一个须弥座，在须弥座顶部，再做一层大莲瓣座。做完莲花座，罗小四便可以敲衲衣和佛手那些更为细致的部位了。

整个下午罗小四都沉浸在敲佛声中。敲击时听不见别的声音，只有铜皮发出的响声。铁和铜碰撞的声音比铁与铁碰撞的声音好听多了，不那么沉闷，声部高了一点，像在脑际。好在罗小四和蚕豆都是内向的人，不怎么说话，偶尔说几句，话音总是恰到好处地卡在锤点之外。

你信佛吗？罗小四问蚕豆。

蚕豆点点头。

罗小四说，信佛会怎么样？

信佛就是相信因果。蚕豆边敲边回答。

罗小四抬起头，似乎不太明白。他把敲好的莲花座放在一边，打算从地上拿起一块新铜皮。铜皮被掀起时，地面的泥土和草叶也被翻了起来。突然重见天日，一只甲虫嗖地钻进地下，蚯蚓还在惊愕中，笨拙地扭动身躯。一株刚冒出新芽的小草被压弯了，叶子呈嫩黄色。

蚕豆说有个老和尚对他说过，欲知前世因，今生便是果。欲知后世果，今生作便是。

罗小四听得云里雾里，索性停下锤子，可蚕豆却不说了。

快敲吧,蚕豆说,敲着敲着你就明白了。

4

周末,寺庙里烧香的人比平常多了些,空中不时飘来袅袅香烟和梵音,抬头看着古刹悠悠,宝塔巍巍,听钟鼓楼响亮的钟磬之声,心境似乎得到一种解脱,对生命也似有了更深的体悟。

罗小四拿起地上的一块铜皮,按图卷起来,再用小铁锤轻轻地在接缝处颠着。当他再转过来看铜皮时,发现铜皮已经形成一只手臂。这种感觉让他觉得很讶异和神奇,铜皮在敲击之下,变得有了生命,有了灵魂。有一阵,他突然握住这只手,那是佛的手,心中竟有些百感交集。

这天,蚕豆和罗小四也早早收工,坐在禅房旁边的石凳上剥蚕豆。天黑时分,罗小四往家里打了个电话,母亲接的,王小梅不知去了哪里。母亲这些年白内障越来越严重,几乎接近失明,所以大多时候待在家里,减少走动。罗小四问长问短后告诉母亲自己的现状,工作比之前好了,干净,环境好,而且又很隐蔽。他让家里不要担心,一切都会好的。临挂电话时,母亲突然嘤嘤哭起来,问她为什么哭也不说,罗小四心疼话费,心急火燎的,又不好硬来,只好耐着性子等母亲哭停下来。半晌,母亲才抽噎着说自己怕是活不长了,等不到儿子回来的那天了。罗小四便安慰起母亲,说现在的收入比之前多,还了债不就可以回去了。母亲全然听不进去,她的哭泣或许并不在此,果真,母亲说村里有传言说王小梅有相好的,邻村的,叫什么不知道,反正说得有鼻子有眼的。她说罗小四不在家,这事她作为婆婆又不好问,总之,这个家哪还像个家呢……

罗小四脑袋嗡嗡的,其实他早就有预料,两年前他悄悄回去一次,那是毛二强要卸他腿的那年。家里来电说是母亲不行了,到家之后发现母亲正在扫地,罗小四气不打一处来。王小梅说还不是你母亲想你了才出的这主意。罗小四背起铺盖就要走,他觉得这是拿他的腿开玩笑。不过,那次也让罗小四心里凉了几分,短暂的一宿,他想和王小梅热乎一下,毕竟饥渴难耐,哪知王小梅极不情愿,扭扭捏捏,罗小四将这看成是分别多日的羞涩,当他霸王硬上弓时,王小梅突然哭起来,问她原因也不说,罗小四一慌,下面顿时蔫了,以至于多月不举。

其实,最让罗小四难过的不止这点,还有他们的儿子。那个九岁大的小不点儿,像个面疙瘩,一点都没有生长,跟罗小四三年前离家时一样,一样的身高,一样的体重,一样的好哭,一样的爱流鼻涕。罗小四伸手去抱,儿子吓得后退,罗小四再向前一步,儿子便坐在地上声嘶力竭地号哭,好像面对的不是父亲,而是鬼怪。这使罗小四心里一阵拔凉,他从来没有如此沮丧过,好像什么东西断了,连不上去了。

和母亲结束通话后,罗小四感到苦闷、委屈、愤怒,他简单扒拉了两口饭菜,便在寺庙里慢慢走。香客们已下山,寺门关闭,院子里香烟还未燃尽,烟雾缥缈。天井里有放生池,静得像一面铜镜,倒映着一片片郁郁葱葱的树叶。夕阳照到水面上,水面依旧纹丝不动。暮色苍茫，大殿里看着有些昏暗，罗小四朝里望，一个和尚正在点酥油灯，烛光反射到大佛身上，像是披着一件闪闪发光的袈裟。大佛颔首低眉、若有所思，庄严、神圣、慈祥地凝视着前方，像在为苍生赐福。

罗小四跪下，又在佛前拜了拜，这次他倒没说什么祈祷的话，而是想起白天自己敲的那尊佛像了。不知道为什么，在敲成之前，罗小四觉得佛像是那么亲切，手、脚、指甲，他敲手的部位时，感觉握住的不是佛手，而是某个朋友的手。

他又在其他几尊佛前磕了头。有的佛像咬牙切齿；有的朱唇微启，面带微笑；有的盘膝而坐，双手合十；有的金鸡独立；有的眼睛半闭，手持经卷。每一尊佛像都是神圣和威严的。

他经过禅房，特意从白天干活儿的地方经过，他在还未完工的佛像前坐下来，他将手搭在大佛的手上，这时，他在铜皮上摸到一处不太平整的翘角，便找出锤子，就着最后的光线，轻轻颠着，叮叮，叮叮。手臂不光滑怎么行呢，罗小四一边敲一边小声说道，他说手臂是一定要光滑呢，因为你是佛，每一根线条都必须完美，必须平整和流畅。我的手臂就不行了，罗小四继续唠着，我小时候留下的一道疤。嗨，都记不得为什么留的疤了。留疤没得事，就怕少指头断腿的，是吧。

罗小四顺着手臂一直摸到手指，检查是否有毛糙的地方，他歪着脑袋，最后一缕光线在佛手上打出一道漂亮的弧线。一根指头弯曲，一根指头微翘……这手指多好啊，罗小四感叹一句，他说，你知道吗我差点就少一根手指头了，如果，一定要剁掉一根，你说我该剁哪根呢? 罗小四还没等到回答,自己便吭吭吭地朝地上吐了两口口水,不说这晦气的话哦,不说这晦气的话哦。他又往地上吐了口水,呸,没指头我怎么干活儿呢,哪根指头不是指头,哪根指头不重要呢,你说是不是?

罗小四放下锤子,对着晚霞渐退的天空长嘘一口气。你说我该怎么办呢,罗小四缓缓地说,我年轻时头脑发热借了钱,现在我悔过了,我想好好过日子,可是,怎么就这么难呢……

难呢,难呢,难呢……回音半晌才落下,罗小四一阵恍惚,分辨不出是自己的还是谁的声音。他把目光收回来,落在佛手上,这只手圆润、饱满、光滑,他将自己的手搭在上面,像握手一样。

天黑尽了, 罗小四才站起身, 突然感觉脸上有麻酥酥的东西,手一摸,竟是两行泪。

5

往后的日子,罗小四每天都会跟佛像聊聊天,靠在那些只能称为零件的身体旁。蚕豆去做饭了,对付那只脾气骄纵的电饭锅他更擅长。天气越来越热,虫鸟们用各种叫声呼应着敲铜声。罗小四放下铁锤,手沿着佛像的各个细部慢慢移走,这是最好的检查铜皮是否平整的方法。检查完了就坐在一旁说说话,罗小四发现自己变得善谈了,他很喜欢这种倾诉的感觉。他聊起自己的老母亲,聊起不长个子的儿子,还聊到了老乡小武,他说上次打电话给小武,问工钱要到了没有。当然,罗小四早预料到了,老板不认账了。罗小四为此心疼了很久，不过，罗小四很快就宽慰了，他觉得如果没有那一别，现在怎么会在这里呢，你说是不是？

罗小四低下头，被地上一粒金灿灿的东西吸引，抻长脖子去看，原来是一朵指甲大的小花。那株曾被压在铜皮下的小草竟开花了。一阵风吹过，香樟叶纷纷落下，一片叶子落在小花上，压弯了花茎，罗小四赶紧将它移开。他捡来一些小树枝，折成手指长，在小花四周围成一道袖珍篱笆。这下好了，他对着小花说，没有落叶和虫子能欺负你了。又一片叶子"啪"的一声打在佛脚上，罗小四也将其掸掉，并将落在佛像上的泥屑擦得干干净净。

寺庙的黄昏空寂无比，虫鸟们叫了一天也歇歇了，杏黄色的院墙，苍绿的古木，还有青灰色的殿脊，全都沐浴在橙色的晚霞里。他又闲聊了几句，直到蚕豆喊吃饭了才站起身。

我去吃饭了哦。他对佛像说。

半夜，神仙回来了，床板被踩得嘎吱响，听罗小四和蚕豆也醒了便聊起来。这几乎成了惯例，每天半夜三人聊一会儿，主要是神仙说，另外两个听。神仙聊的无非是澡堂里的事。他讲他的几个固定客户，一个是老板，一个是副镇长。神仙说人的身份虽有不同，可一旦把衣服脱光了，人人都一样。不过，今天有个当官的，脱了衣服还是一副官架子，这从走路姿势看得出，肩膀甩得厉害，连下面的小老二都甩来甩去。神仙说到这儿兀自笑起来，好像那一幕又出现在眼前，他说自己什么样的人没见过，什么样人的老二没见过。罗小四也笑了几声，倒不是觉得好笑，而是对神仙的呼应。他知道这是神仙每天最放松和自信的时候，也是他话最多的时候,罗小四想到了"倾诉"一词,神仙向他倾诉,他向佛像倾诉,蚕豆呢,蚕豆或许在向那株棉花倾诉吧。

佛像越来越完整了,他们已经快完成了螺状卷佛发。傍晚,一个散步到禅房的香客突然在罗小四面前扑通跪下,罗小四一愣,见女人嘴里念念有词,方才明白女人不是向他磕头,而是向佛像磕头。

待女人离开,罗小四再看佛像,顿觉得庄严起来。他对蚕豆说,真是好奇怪哦,这一锤一锤的敲击之后,铜皮就变得庄严起来哦。

蚕豆没有回应,继续认真地敲出螺状卷佛发。半晌才来一句,铜皮不会庄严哦,锤子也不会庄严哦,庄严的可是佛祖。

盛夏到来时,猫生了一窝小猫,一开始没发觉,稍稍大了点小猫们便从草丛走出来。每天做饭,蚕豆便多煮一碗,用来喂猫。

澡堂夏天休假,再加上扩路拆迁,澡堂不得不拆除了,神仙也没活儿干,一连几天都像鸵鸟似的躺在床上,醒来后有点不知所措,他把猫抱在怀里,逗猫的样子像是在搓背,弄得小猫哇呜哇呜一阵叫。午饭后,神仙便摊开一副牌,给自己算命,那些简单的数字在神仙眼里变得具有了特殊含义,常常算完后,他把牌拢到一处,眼睛惆怅地望向虚空。

罗小四发觉神仙也有点"官架子",腰挺得笔直,走路胳膊甩出天际。不过搓背这个工作还是深得他心,每天冲澡时,神仙都把罗小四摁在水池边上一通讲解和示范。半夜神仙睡不着,便拉着罗小四讲澡堂里的事。

夏季越来越深,三个人挤在一起睡,燥热难耐,神仙便提出将床板抬到室外去,外面有凉风。他们找了块平整的空地,将两块门板搁在地上。果真凉快多了,静下心来,还能感到风在皮肤上游走。但外面蚊虫多,左右夹攻,两手不停地拍。神仙点了几枝晒干的菖蒲,围着床板绕了一圈。好了,这下好了,神仙看着升起的烟霭说,这是天然屏障,蚊子飞不进来了。

烟雾缭绕,耳边却安静了很多,三人闲聊了几句很快便进入梦乡。下半夜,天有些凉,蚕豆卷起席子率先进屋去睡,罗小四和神仙也迷迷蒙蒙地跟了去。三个人挤在一块破席子上,罗小四挨着蚕豆,不小心碰到时,心里一惊,蚕豆太瘦了,肩胛骨像两把镰刀。

太阳已经升起来了,三人才从昏沉中醒来,上半夜与蚊虫战斗,下半夜都睡得极沉。罗小四起身打开门,突然倒吸一口凉气,昨晚搁在地上的门板已被烧成灰烬。

三个人站在黑乎乎的地上愣了很久,一时回不过神来。罗小四发现那株小草已经结了籽儿,烟灰将它熏得遍身墨黑。

蚕豆将黑灰扫去,地上还印着一个方正的黑斑。又用水冲洗一遍,也无济于事,黑色的方块如同地上裂开的嘴,格外狰狞。

早饭后神仙下山找活儿去了,再没回来。罗小四记得神仙离开时的神情,他把牌用纸包好,郑重其事地放在自己的皮包里,像是将自己的命运安置妥当。

一连几天罗小四和蚕豆都没怎么说话,只有铁锤迟钝的声音叮叮响着。

佛像落成这一天，老板来了，罗小四第一次见到老板，跟他想象的不太一样。人又矮又瘦，背有点驼。腋下夹了个小皮包，上上下下指挥人抬挪。

佛像被抬走的那一瞬，罗小四有种莫名的失落。他偷偷看蚕豆，蚕豆正坐在台阶上，手里还拿着铁锤，小猫喵喵地在他腿上蹿上蹿下。

这晚，老板请他们在山下的饭店大吃了一顿，叫了几扎啤酒。蚕豆喝了一点，主要是老板和罗小四喝。老板说做佛像也是功德之事，能消灾积德啊。罗小四便举起酒杯敬老板。老板又说下一个活儿已经接好了，离这儿不远，一个新的寺庙，需要不少佛像呢。

6

次日清晨，蚕豆没有起床，等罗小四做好早饭蚕豆还没醒，罗小四伸手推了推，顿时手下一凉。蚕豆死了。

直到丧事处理完，罗小四才知道蚕豆是个光棍，有一个养女嫁到外地去了，没赶过来，罗小四按照其养女的谆嘱，将蚕豆的骨灰和积蓄寄了过去。

老板开车来接罗小四去下一个工地，临走时，罗小四把铺盖卷儿打好，环顾四周，突然有些不舍，屋内除了一张床板和一个电饭锅，再无他物。一个人活着其实只需要这么丁点儿东西。罗小四鼻子一酸，他退出门外，正要关门时，突然看到了那株棉花。

它在角落里仍然洁白无瑕，比先前似乎更打开了一些，蓬松地柔软地挤在棉壳上。罗小四先洗了手，再用布将棉花轻轻包住，带在身边。

新的寺庙有种人喊马嘶的繁忙，水泥、黄沙、脚手架、电焊、混凝土泵……一切都在建设中，大雄宝殿等建筑已经完工，院子里还是一片狼藉。运输建材的卡车呼啸而过，负责绿化的人正在指挥，将一车车从乡野运来的泥土倒进花圃，泥土还带着浅绿，显得与这个喧闹的地方格格不入。冬青被太阳晒得蔫蔫的，地上撒满块状的草皮。

院子里有几处在做佛像，有像罗小四用铜皮敲佛的，还有用泥塑的。泥塑佛像已经完成大半，几个身手敏捷的小伙子正站在脚手架上给佛像上彩。罗小四站在下面看了一会儿，觉得有点意思，没想到泥也有如此大的作用。泥踩在脚下一文不值，泥做成佛像就会受到祭拜。是不是泥变尊贵了，罗小四想不通，想不通的时候就会想到蚕豆，要是蚕豆在，定会说几句听不懂又好像有点道理的话来。

罗小四做佛的地方在大院西侧，特意留出的一块平整草地。铜皮已经来了，正整整齐齐地躺在地上，反射出黄澄澄的日光。

罗小四很快就加入这种热火朝天中，铁锤的叮叮声十分悦耳，间歇，会有土方车从他身边经过，掀起一阵尘烟，灰尘弥漫时，罗小四并未停下锤子，叮叮，嘛嘛，声音一丝不苟。成竹在胸，大概说的就是这个意思。他已经能够熟练地敲出各种弧线了。

晚上，罗小四和那些手艺人睡在新砌的放生池里，池子还未

158

蓄水,池底的大理石十分光滑平整,主要是很清凉。手艺人将各自的铺盖卷儿展平,占得一席之地。罗小四想起和蚕豆睡在一起的时候,他把那株棉花拿出来,放在枕头旁边,棉花像是汲取了无数月色似的,变得格外莹亮,罗小四轻轻地摸一摸,心里便柔软了。谁能想到,如此坚硬的果壳之中竟能结出这般柔软的棉絮来。

大家三三两两地说话,拉家常,从奇奇怪怪的方言里可知人们来自天南海北。做泥塑佛像的小伙子们是江苏兴化人,把"鞋子"说成"孩子",却把"孩子"说成"鞋子"。罗小四觉得有意思,一个人闷闷地笑。他和谁都不认识,只身一人,所以他便听大家说,大多时候听不懂,偶尔一两句笑话听懂了,也跟着傻笑一会儿。

有一阵,罗小四感到很恍惚,眼前的一切变得极不真实,他居然和一群陌生人躺在放生池里笑得如此开心。他想起在上林寺的时候,有一次他问蚕豆,什么是快乐呢?蚕豆说,痛苦消失了就是快乐吧。而现在他的痛苦并没有消失,欠的债还在飞升,毛二强仍四处追击他。可他竟暂时忘记那一份痛苦。看来一方的快乐不能抵消另一方的痛苦,但是却可以暂时忘记痛苦。他又想起草地上堆放的那些铜皮了,不久之后它们将成为一座座庄严佛像,这使他感到手中的锤子具有某种特殊的意义。

泥塑佛像落成那天,罗小四也去看了。是在离他不远的大雄宝殿前,眼见着从塑钢里衬到泥身,再到上彩,一天一天地变化,一天天变得神圣。佛像有六米多高,加上一米六高的莲花宝座,将有八米之高。这座佛像将立在寺庙的最高处,因为佛像高大,底座和佛身不得不分开制作。

现在要将佛身落座到一侧的莲花宝座上。

吊车已经来了，工作人员正在检查液压系统和轮胎，并调节支腿。另一边，几个兴化小伙子正用绳子谨慎地环绕在大佛四周，脚手架已经拆除，吊扣已经连接，就等着操作人员一个起吊手势了。

然而，偏偏这时，莲花座那边一棵新栽的榆树被卡车撞倒了，正横亘在吊车的吊臂之间。大家心急如焚，不得不跑过去处理车和树的关系。罗小四也想过去帮忙，刚跨出两步，突然发现不远处有个熟悉的人影。岂止是熟悉，简直是刻骨铭心。一开始罗小四以为是自己眼花，再仔细看时，吓得汗毛直竖。这么多年过去，他对毛二强仍是很惧怕。

罗小四赶紧躲在佛像后面，他确定毛二强并没有看见自己，但可恶的是，毛二强正向佛像这边走来。

因为需要起吊，所以佛像底部并没落在地上，而是用脚手架搭成一米高的镂空。毛二强越来越近，罗小四不知道该往哪儿躲藏，这新建的寺庙还没有可以藏身的绿化，唯一一棵高于人的大树刚刚还被撞倒了。毛二强的脚步声很特别，这么多年过去依然没变——一种后脚跟与地面趿拉出的漫不经心的哧啦声。声音越来越近，越来越响，罗小四急中生智，腰一弯，迅速钻进佛像。

他长长吐了口气，心怦怦直跳。佛像肚里是一层坚硬的塑钢，几条含混不清的弧线，有凸起的部分，有凹陷的部分。罗小四站不稳，便用双脚抵着两壁。他不知道毛二强怎么会在这里出现,是谁通风报信?还是碰巧经过?不过,他很快否定了前一种猜测。

　　日光从几个细小的孔洞里透进来，这缘于一些细微部分没有处理好。罗小四将脸贴近小孔,正好可以窥见毛二强的一举一动。——他比五年前瘦了一些,手臂上的雕龙画凤还在,与风吹日晒的墙壁一样,有了岁月的斑驳感。毛二强立在佛像前,仰头看了一阵后,不知道是不是大佛的神态让他肃然起敬,他站直身子,将手上的小包夹在腋下,双手合十。因为距离较近,罗小四几乎能听见毛二强的喃喃祷词。正当罗小四凝神倾听时,突然,他看见毛二强朝他扑通跪下,手掌着地,连磕几个响头。罗小四一阵慌乱,气都不敢喘。他当然知道毛二强不是朝他跪拜,而是向佛像跪拜,哪有债主朝欠债的磕头呢。他的紧张是因为听见了毛二强的祈祷,毛二强一边磕头,一边祈求佛祖让他尽快捉到罗小四⋯⋯

　　莲花宝座那边的树处理好了,树又回到原来的坑里。一棵树只需要一个坑。

　　人们又簇拥到吊车和大佛旁边。毛二强已经站起来了,但没有离开,而是兴致盎然地加入观众行列。罗小四冒出一身冷汗,这时候如果出去,他将如毛二强祈祷的那样被债主活捉;如果不出去,又将随佛身落在莲花座上,存封至死。

　　佛身轻轻晃了晃,吊臂颤动,然而,罗小四还没想好如何抉择。他紧紧地贴着大佛,脸涨得通红,心跳加速。他从洞孔看向外面,人头攒动,竟有种俯瞰众生的错觉⋯⋯

硬卧包厢

1

当我双脚离开站台跨进车厢的那一瞬，列车员和我都如释重负地发出一声长吁。钢跳板收起，车门在我身后哐地关上。这时，车身轻轻一颤，带有安抚般的慰藉。

已不是第一次了，我常常"差点迟到"，我想，如果自己在出门之前能够少说几句话，时间一定会宽裕很多。

刚刚，当我背着包在站台上狂奔，突然想起小时候养鸡的场景——傍晚要把鸡收进鸡笼，总有那么一只鸡因为贪玩而迟到，它扑棱着翅膀冲撞在鸡笼上，一时尘土与鸡毛齐飞。

这是一列从扬城开往北京的绿皮火车，也就是说，此地是始发站。或许是我迟到的缘故，未能看见那种拥挤推攘的状态，呈现在我面前的竟然是一副气定神闲和安之若素——

人们正漠然地从窗缝看向外面，或者坐在床沿上一动不动，还有一些已经躺在床铺上，身体和白色被子一样慵懒而恣意。

我在 14 车厢，最末一节，因为迟到，列车员不得不让我在第 7 车厢上车，所以，我要穿过六节车厢才能去往自己的床铺。过道很窄，坐在窗边的人习惯性地将腿伸出来，我走到跟前，那些腿才漫不经心地缩回。有的仍然一动不动地杵着，使我不得不进行跨栏运动。

到达 14 车厢，我已经精疲力竭，加之站台上的一阵狂奔，腿脚已不听使唤。但仍迅速瞟一眼包厢，除我之外的其他五个床铺已各就其位，五具慵懒而恣意的身子都填进了床格中。

我是中铺，特意挑选的。上铺太狭小，翻身不易，而且出风口在上面，半夜准会冻醒；下铺虽然宽敞，但却要接受很多屁股的光临，以我的经验，它们一旦盘踞下来，就会坚定不移地坐到天荒地老。所以我更喜欢中铺。

我稍显笨拙地爬上去——不像几年前那样动作敏捷，这并不是指自己年岁增大，步向衰老，当然，这点也不能排除。的确，我有好几年没坐过绿皮火车了，那种长臂猿一样的技能丧失许多。这几年我很少有外出机会，偶尔的几次公差均是乘坐高铁或飞机。之所以这次选择绿皮火车，是因为自费。突然发现，在所有交通工具里绿皮火车仍然是我的首选。

此时是晚上八点，离熄灯还有两个钟头。我将枕头翻了个面，躺下，从包里摸出两本书，分别是鲁迅的杂文集和建筑专业书，前者用于消遣，打发时间，后者则用于催眠。建筑是我的本业,这些年磕磕绊绊从一个小施工员混到了设计部经理。据说干建筑的睡眠都不太好,因为所有恶劣天气都会使他们对质量与安全产生担忧继而辗转难眠。

发现建筑书具有催眠作用,是在备战一级建筑师考试时,当然,我还没通过。好几次临考,都因为工程竣工或审计等重要关头而不得不放弃。后来,又因为生育,耽搁了一年,等孩子逐渐长大,考试已显得力不从心。但这些年,我一直把建筑书随身带着,倒不是勤奋或好学,而是它恰好在睡眠上给了我很大帮助,只要一翻开青砖一样厚实的书,目光一触碰到那些繁复的公式,睡意便汹涌而来。

2

现在睡觉尚早,我打开杂文集,读书是我工作之余仅剩的一丁点儿爱好,当然,留给我读书的时间也不多,这本已经翻了不下四五个礼拜,书签还匍匐在第九页。

当我把目光调遣到文字上时,才感觉到包厢里的过分嘈杂。睡在我旁边(另一侧中铺)的男人正在打电话,他脸朝里,被子还没展开,和枕头一起承载着他的上半身。从我上车开始,他一直和电话那头一个叫"多多"的人讲数学题。多多,你听懂了没有?多多,你先听我说……没猜错的话,多多应该是他的儿子。

睡在下铺的是一对老年夫妇,六七十岁的样子,从行李看,是例行去北京看孙子,两个门神一样的塑料桶一左一右摆放着,里面是刚从地里摘下来的西红柿、茄子、豆角,还有"孙子最爱吃的豆沙包"(老太语)。老两口在下铺半躺着,隔着小桌板用方言拉家常,偶尔掺杂一两句普通话,很蹩脚,很怪异,大概从孙子那儿学来的,主要用于和孙子的交流吧。

睡在上铺的两个是年轻人,一男一女,但并不相识。男的正在打游戏,尽管戴着耳机,刀枪棍棒的声音还是泄了一点出来。

女孩在我的上铺,所以不能看见她在做什么,比较安静,可能是在看网络小说或别的什么,间隔一会儿就神经质地笑几声。

二十分钟过去,我只看了两行字,思绪总是被各种声音带跑,我也惊奇地发现,每一缕声音都在加强,变重。中铺的男子已经将身子转过来了,他的脸颊和下巴有细细密密的胡楂,浓墨重彩,使脸看起来有几分瘦削和沧桑。他和我差不多年纪,理应有个上高中的孩子,但从所讲题目的类型来看,儿子才读四年级,也许是生育晚,也许,还有一个更大点的孩子,难说。

你为什么比我多 300?他突然吼了一声,我一惊,立即从书本里抬起头,发现并不是和我们说话,而是对着电话里那个叫多多的人。你说 300 是哪儿来的?甲地到乙地的距离,你为什么算出来比我多 300?我方才舒了一口气,明白他正在对多多讲解距离时间速度的问题。

此时，老头老太的声音也放纵了不少，老两口已经从床铺上坐直了身体，面对面，这样更方便声音的传送。可能是受中铺男子的蛊惑，他们原本还能压低嗓门儿，现在却变得无所顾忌起来，仿佛在自家的院子里；仿佛在河边的码头上；仿佛在纳凉的老槐树下……总之，他们已经找到一种自在的对话方式，那就是让声音舒舒服服地从嗓门儿里通过。

速度！求速度！中铺男子又喊了几句，他的眉毛拧成一道，下唇由于最后一个字的发音还愤怒地呈兜着状态。我看了一眼他，以示他声音小点，但对方并没看我，或者他仍正沉浸在那道数学题里。

3

我已经看不进去任何一个字了，脑袋嗡嗡的，充斥着中铺男子琐碎冗长偶尔又一惊一乍的讲解。随着题目的难度增加，他的脾气也逐渐增强。此时他的脑袋已经抬离了枕头，好像胸口淤积的怒气不能使其放平。这种情绪也传染了我，不免想到我和儿子之间的各种纷争，儿子和他爸之间的纷争，以及我和他爸之间的纷争，都到了水火不容的地步。刚刚出发前，正是一场战争的高潮，具体什么事都搞不清楚了。儿子正处于叛逆期，一切都喜欢对着干，我们的任何一句话、任何一个动作都有可能将他引爆。想到我即将北上，希望能以离别之情浇灭正在进行的战争之火。但没有，父子俩的声音越来越高，都想以自己的声音压过对方。声音在空中碰撞、交错、炸裂，形成一道坚固的壁垒，我在壁垒之外劝解、调和。突然，壁垒被打破，所有的声音一股脑儿向我袭来。我感到头晕目眩，看不清他们的脸，只见四片嘴唇上下翻飞，像生产语言的机器，像装满子弹的机关枪。我迅速跨到门外，门在身后重重地摔上，突然有一种逃遁感，好似提前离开硝烟弥漫的战场而转到安全地带。

我常常反思，儿子是怎么一步步变成现在这个模样。我还记得他小时候的可爱天真，以及对我们的依恋，每天黏着我，像狗皮膏药一样撕都撕不开。而现在呢，房门上贴着"禁止入内"的标贴；与他同行必须保持三到五米的距离。有一次，他在吃饭，我看见他头发上粘了个小纸屑，打算帮他掸去，手还没碰到纸屑，他已经弹跳起来，双目怒睁，手臂向外推出。

我就问你相遇了没有？中铺男子及时的一声喊叫，把我拉回现实。甲比乙多行的 5 小时的路程，就是乙 3 小时所行的路程，你听明白了没有？啊？你的脑袋呢？你的脑袋还在不在你的肩膀上？

说真的，我也不知道我的脑袋在不在我的肩膀上，如果不是嗡嗡的声音提示它的存在，我一定以为它滚向别处了。

这次出行最大的错误就是没有带着耳机，我很久没有外出了，缺少相关经验。我将一只耳朵埋进白色（洗得泛黄）的枕头上，一股复杂的气味立即窜进鼻孔。这种气味让我感到悲伤和愤怒,我后悔乘坐绿皮火车,后悔为了节省一点儿钱而躺在这狭小逼仄的卧铺上。

火车不紧不慢,像一个已经不再怕开水烫的死猪一样缓慢前行。车轮与铁轨发出哐啷哐啷的声音,声音通过车轮传上来,传到车厢,传到床铺,一直传到被枕头包裹的耳朵里。每一声都像钢锤一般铿锵有力地敲击着我的脑袋。

你有了时间和速度,路程不就有了吗?啊?甲花的时间是5小时,乙呢?乙花的时间是3小时,是不是?啊?你听见没有?啊?你在不在听?啊……

我翻了个身,也把身体抬离床铺,向中铺男子狠狠瞟了几眼。我对他从最初的敬佩到同情,直至现在的不满。我告诉他,如果孩子不想听,就别让他听了;如果孩子听不懂,说明他还没到听懂的时候。这么大的孩子理应在田野里奔跑,在小河里游泳,在树杈上掏鸟窝……你怎么可以给他讲一晚上的题呢;还有,你珍惜吧,过不了几年,他就会叛逆,变得乖张或暴躁,别说让他听你讲题,你就是和他问个好,他都会置之不理。当然——我提高音量——够了,这是公共区域,去过道上尽情地讲题或训斥吧。

以上,只是我的心理活动。是的,我一个字都没有说。我有懦弱和胆怯的一面,也有理解包容的一面。主要是前者。我这么安慰自己:这道题反反复复讲了这么久,说明了它的难度,如此之难,一般都是试卷的最后一题。最后一题讲完了,整个试卷都讲完了,他就会挂断电话,一切都会安静下来。

4

现在我把唯一的希望寄托在电话那头的"多多"身上，拜托他尽快领悟，然后按照中铺男子的要求再复述一遍。然而，令人沮丧的是，那个叫多多的男孩似乎把之前讲解的部分忘记了，又不会了，使得中铺男子气急败坏，不得不从头讲起。啊，刚刚才讲的，你怎么又记不得了，你的耳朵去哪儿了？你的耳朵跑天上去了？

我倒想我的耳朵跑到天上呢，至少暂时离开我一会儿。耳朵里塞满了声音，我突然发现世界上怎么有这么多的声音，任何物体都会发出声音。

下铺的老头老太也站起来了，开始我以为他们和我一样忍无可忍。但我错了，他们似乎并不在意这些，完全沉浸在北京以及北京孙子的话题之中，并用比中铺男子更大的嗓门儿忘我地进行交谈。大概每个月他们都会去一趟北京，也有可能是每周，总之，他们对这趟火车和这条线路十分熟悉，甚至了如指掌。前面是蚌埠了，停十分钟，你下去透口气；仪征的这条路修了怕是有半年了；红屋顶快到了？到红屋顶就是十点，十点钟你把最后一顿药吃了……两个人说这些时，是不看外面的，他们对黑漆漆夜中的每一个建筑都烂熟于心。

少顷，老太去拿她的背包，似乎胃酸犯了，她不得不找点吃的。她从背包里变魔术似的掏出一个鼓鼓囊囊的塑料袋，从塑料袋里又掏出一个塑料袋。塑料袋质地较厚,发出刺刺啦啦的脆响,然而,并没有结束,居然像俄罗斯套娃一样,解开塑料袋,继续从里面掏出另一个塑料袋,再解开,再掏出……我不知道什么样的食物需要这样层层包裹。终于,食物现身了,塑料的刺啦声止住,取而代之的是冲泡食物的声音和搅拌食物的声音——他们居然带着搪瓷缸和钢勺。搅拌时动作过于夸张,好像不这么搅拌就无法食用,搪瓷缸与钢勺极不情愿地碰撞,发出尖锐、嘈杂的声音,十分刺耳。

他们并没有在意这些声音,或者说,他们根本没听见,因为老两口的话题一直紧紧围绕着孙子以及孙子刚刚检查出的"问题"。应该是患了什么病,下个月就要手术。他们突然降低说话音量,四根眉毛就要扭在一起,但手上的动作丝毫没有含糊。

我叹了口气,心里堵得慌,脑袋越来越疼,想提醒他们声音小点——够了,搅拌得差不多得了。但此时突然开不了口,真希望自己能像上铺的二位沉浸在自我世界里。

吃完食物,他们打开手机——那种劣质的、亮度刺眼的、声音极其洪亮的手机。两个人几乎同时打开短视频,包厢里立即又汇入两股噪音。和刚才的搅拌声一样,他们根本听不见,仍然心不在焉地谈论着他们的孙子。

我的脑袋嗡嗡的,像海绵一样,吸收了无数声音。

你画图了没有?你为什么不画图?你把距离和时间标注在图上。中铺男子吼了起来,他的脑袋轴着,牙齿用力咬着下唇,我想如果他能从电话里穿越过去,一定会给那个叫多多的男孩几个脆脆的耳光。

书已经被我合上了,没法继续阅读。又拿出建筑书,希望它能把我送到睡眠的彼岸。但声音使我头痛欲裂,我恨不得将《鲁迅文集》砸向中铺男子,"当我沉默的时候,觉得很充实;当我开口说话,就感到了空虚"。看吧,这是鲁迅说的,你已经说了多久的话,你该是怎样的空虚。

你为什么不说话?中铺男子换了个姿势,眉毛仍然拧在一起,你说,多长时间这两辆卡车会相遇?

我的脑袋里仿佛有无数的卡车在横冲直撞,我想世界上为什么会有这么多相遇的问题。我恨不得冲出硬卧包厢,冲出站台,冲到马路上,质问它们为什么要相遇?你们为什么要相遇?我要阻止,我要拦下每一辆车,这样,世界上就不会再有相遇的问题了。

我用力翻了个身,刻意把床铺弄出响动。回想一周前订票的心情,居然有种要迎接飞黄腾达的得意。这次去北京是参加设计软件公司的一个定期培训,单位好不容易准了几天假,但对于培训的相关费用并不承担。这并没有使我感到难过,因为学习的快乐以及学习将带来的收益使我对未来充满希望。我想,等我学成归来了,就可以调换更好的岗位(也有可能跳槽),可以获得更多的薪水,就不会再为节省一点钱而选择这样的绿皮火车了。

中铺男子的电话还在继续,这将近两小时的讲题并没有使他疲惫,他依然昂着脑袋,脾气暴躁,体内像藏着一串没有完尽的小爆竹。我不知道他去北京干什么,但绝不是旅游,从他的神态以及穿着上可以肯定。他或许是去北京开会,或者和我一样去进行短暂的深造。打电话的时候,他的眼睛盯着上铺的床板看,在等待对方回答问题时眼珠便一动不动,他的眼窝深陷,胡子似乎比两个小时前更长了一点儿。

我觉得你根本就没有听讲,中铺男子大吼一声。

我一惊,心脏骤停了似的,浑身筋疲力尽。现在不光是头疼,眼睛疼,身体的每一个器官都很疼痛。看了看手表,离十点熄灯还有十分钟,常坐卧铺火车的人都知道,熄灯意味着该睡觉了,一切声音都该戛然而止。我长吸了口气,像要扎个猛子,泅渡到对岸的黑暗中去。

5

十点整,灯熄了, 包厢跌入黑暗,像水井一样深邃的黑暗,像棉被一样层层包裹的黑暗,像岩石一样坚固的黑暗。

和黑暗一起到来的是短暂的宁静,所有声音都被黑暗吞噬一样,但,只是短短几秒,声音又卷土重来。

中铺男子已经不打语音电话了,而改成了视频,对方仍然是那个叫多多的小孩。

我很好奇电话那头的人长什么样,又是什么样的神情,有没有和我一样已经痛苦得面部扭曲。然而,视频里是一沓白色的试卷。中铺男子说,今晚不把这些试卷讲完别想睡觉。这句话他是对多多说的,更像是对我说的。

熄灯后,老头老太开始忙着吃药,吃完药他们坐到过道的小桌旁,对着窗外的寂寥黑夜陷入某种沉思,而忽略了正在床铺上发出怪叫的手机。关于短视频,我不太熟悉,是这个晚上让我明白原来不手动上拉,它会一直停留在一个视频里,反复播放。我感到胸闷、气喘,像跌入深海,海浪汹涌,将我淹没。

这样坚持了几分钟后,我不得不从床铺上爬起来,你们或许以为我会向他们进行警告、指责、或者训斥。我没有这么做,我说了,我是一个胆小又懦弱的人,尤其是面对这样的情景,需要用语言解决问题的时候,我的舌头就变得十分不利索了。

我从床铺下来,去车厢尽头,这是火车的最后一节车厢,透过几块不太干净的玻璃可以看见外面的铁轨,火车在茫茫黑夜里缓慢又永不停息地前进着,偶尔闪过一盏昏黄的灯,将铁轨照映。

我目不转睛地看着铁轨,因为灯光微弱,只有短短的一小截,从火车尾部延伸出来,遁入黑暗,仿佛不是火车向前行驶,而是铁轨在向后奔跑。突然,我又想起那些时间速度距离的问题,想起相向而行和相遇的问题。

这样站了很久,直到双腿有些酸痛,才回到包厢,爬上自己的床铺,像一个标准答案填进空当里。声音还在继续,中铺男子讲题和训斥的声音依旧激动;老头老太手机里的短视频仍然反复播放；上铺打游戏的男孩已经睡着了，鼾声像几股哨音，陡峭地往上走。

我被声音包围，每一股声音都是有形状的，它们变成山的模样向我压来；变成汹涌的海水；变成没有边际的沙漠，我感到精疲力竭，肩膀向上的部分仿佛已失去知觉。我把建筑书紧紧抱在怀里，这个曾经的睡眠吉祥物此刻只剩下躯壳。我已经听不清中铺男子讲的内容，也听不清下铺手机里的狂躁歌声，所有的声音此刻犹如明晃晃的利剑，我闭上眼睛，头晕目眩。

后来，大概是睡着了，是昏睡，抑或昏死。醒来时窗外依旧黑乎乎的，包厢里没有声音，出奇地安静。中铺男子睡着了，隐约看见他的被子还没放开，保持着原初的形状，身体蜷着，像一个潦草的问号；上铺的鼾声也止住了，好像声音已翻过山头，不知去向；下铺悄无声息，安静得像两口水井。

耳边没有一丝声音，仿佛只剩下黑夜的浓浓汁水在缓缓流淌。就连火车车轮与铁轨的碰撞声，都消失得一干二净。

没错，火车停下来了。

它在浓稠的黑夜里停了下来；在远离城市的旷野上停了下来；在离目的地还很远的地方停了下来……

火车为什么要停下？停多久？何时会相遇？多久才能达到？

我不知道。

不过，我已没有力气去思考这些问题了，任凭它像一艘大船搁浅在这个无人知晓的夜里。

去梨花村

1

整个冬天，我都在铲雪，没有比这更糟糕的了……

我用笔在纸上写下这句话，以记录第十三个被大雪覆盖的梦境。火车在震颤，使得我的字歪歪扭扭，它们像被敲断了筋骨，软塌塌地挤在一起，在纸上呈爬坡之势。火车也在爬坡，有一阵，我分明感到它停了下来，喘气，颤动，摇晃，然后像一个风烛残年的老人慢慢挪动。车厢里有几双眼睛看着我，好像这缓慢的原因是我造成的，又像是火车慢下来使得眼神不那么摇晃，他们将目光膏药一样粘在我身上，又如钉子似的敲进我的皮肤。我知道，我的头发、胡须，以及衣着，无一不在告诉人们这是一个肮脏又落魄的中年男人。不过，都无所谓了，我并不在乎陌生人，在过去的二十多个小时车程里，我没有开口对陌生人说过话，几次必要的交流都是通过纸和笔进行的。也许你也有过同样的经历，不想说话的时候就让自己变成一个哑巴。

我要在 G 站下车，这是戈壁上的一个小站，下车的人不多，列车员在我们这截车厢搭讪，时不时地用眼睛瞟我，像是随时欢送我的离去。在西北的广袤大地上，一旦坐过了站，下一站就得几百公里之外。

我已经写下整整一页纸，这个年代在纸上写字多少显得有点儿不太正常，尤其在摇摇晃晃的火车上。你要去哪里？列车员突然转过身问我，我觉得这个问题盘踞在他脑海里一定很久了。但我不想说话，你知道的，此时也不愿在纸上写下此行的目的——去梨花村。如果我把那张写着字的白纸举过头顶，又如果有个镜头从这几个字慢慢抬升，再抬升，直至整个火车都在镜头的俯瞰之下——这看起来多像一部电影的拙劣片头。

火车一声鸣笛后我下车了，列车员在身后提醒，把行李带全。他的声音很钝，带着戈壁滩砂石粗劣的气息。窗玻璃后面许多双眼睛齐齐看向我，人们终于可以堂而皇之地将目光长久地停留在我身上了，这时他们会发现，这个走在月台上蓬头垢面的男人除了一个和自己一样干瘦如柴的背包外什么也没有。

去梨花村，这是我在三十一个小时前决定的，那时我刚从一列火车上下来，站在火车站广场上，和很多茫然四顾的旅客一样。我在广场上足足站了两个钟头，春天还不太暖和的风吹得眼睛生疼。这一个月我去了很多地方，一张地图上标注了我走过的路。我见了我所有的朋友，当然，我的朋友并不多，我把那些名字记在一个本子上,不长,只有短短的一小串,偶尔掏出来看看,让人觉得,这个世上还有很多人与我有着关联。我见了两个小时候的玩伴,他们常年在外打工,如果不是苍老的脸上还残留一点儿时的模样,我几乎认不出来了。我还见到中学时最好的朋友,我们有过六年一起骑车上学的经历,后来各奔东西,去了不同的城市。我居然记不得他的大名了,经另一个同学提醒,我才想起他的名字和我只相差一个字。他在一个很远的工地上打工,看见他时,我的朋友正用独轮车运送砂浆,身子比独轮车高不了多少。我上前招呼,他瞪大眼睛看我,眼珠子是跟砂浆一样的青灰色。认出我后他找人替了自己一会儿,然后和我坐在一堆碎石前。突然我不知道该说些什么,旁边的搅拌机实在太吵了,工地上有的是各种响声。他把鞋脱下来,倒出里面快要凝固的砂浆,然后又用石头刮着鞋底,对我说了那个傍晚唯一的一句话,他说,再不刮掉,就要变成鞋帮子了。这时我才发现它们的厚度,像唱戏的官靴。整个傍晚我都在看他倒腾那双鞋,从工地出来,迎面一阵大风,把能吹上天的都吹起来了,我闭着眼睛怔怔地站了一会儿,睁开时,一只裂了口的旅游鞋落在我脚边,那一刻,我差点哭出来,觉得这旅游鞋和自己有点儿同病相怜的意思。

我站在售票厅里,看着屏幕上滑过的时间和城市名。我想去一个远一点的地方,就在这时,我看见屏幕上出现了 G 市。人的记忆里总存在一些奇怪的罅隙,G 市就是藏在一道隙缝里的名字。从前的记忆慢慢回流,我想起了很多,我甚至能脱口而出有关 G 市的那个完整的收件人和地址:达瓦,G 市察木乡梨花村。

2

我有的是时间,我要把时间大把大把地赠给别人。有一天,我发现时间在我这儿是有皱褶的,平铺开来,简直辽阔无边,我一点儿都不喜欢这漫长冗余的一切。我从站台搭便车去察木乡,花去一天;又搭乘过路的小皮卡从察木乡去梨花村,又花去小半天。我把时间像钞票一样挥霍出去,感到一种前所未有的快意。皮卡一路颠簸着,跳跃着,和时间一同向前奔跑。晌午,皮卡停在一个前不着村后不着店的路边,皮卡主人指着一条细瘦隐约的路对我说,到了,沿着它向前,就能到达你要去的地方了。

现在,我已经沿着这条路走了很久,除了和时间一样辽阔无边的草地外,并没有看到村庄。我想起不久前在路边和皮卡主人的对话,我问这是不是通往梨花村的路?皮卡主人认真地看着我,他黑黢黢的,白眼珠在黑眼眶里木木地转了转说,这就是你要去的地方。他反复说着这句话,无比坚定。我问,我要去察木乡的梨花村。他点了点头,对,察木,就是察木。我一头雾水,察木?我们不是刚从察木来的吗?他看着我,又说,这里就是察木,过了这里,前面就是明洛乡了。

路很快就不见了,像被草丛吞掉,又在不远处吐了出来。此时正是春天,草原上的春天姗姗来迟,草色仍未返青,这时的草是变色龙,散发着和土地一样令人颓唐和沮丧的颜色。它们并不像路的样子,极其轻浮,只是在作为路的地方,草色比其他地方略深,我的大部分时间都用来辨认路,像要把它们从泥土里揪出来。

正午的阳光使身体微微出汗,一条轻描淡写的路指向南方,我开始怀疑这条路的正确性了,怀疑皮卡主人逻辑不清的语句。就在这时,我遇见了桑吉,或者叫次仁吧,他告诉我他有三个名字,他的阿爸叫他桑吉,他的母亲叫他次仁,而他的姐姐喜欢叫他尼玛。不过,他喜欢桑吉这个名字,因为他最喜欢他的阿爸。桑吉说这话的时候,我也在脑子里迅速给自己取了三个名字,一个叫建国,一个叫华仔,一个叫吴成功——三个名字有什么了不起的。桑吉正躺在一个斜坡上晒太阳,我先是看见他的羊群,他的羊正在一块坳地里吃草,头也不抬,不仔细看,你还以为它们正吃着泥巴呢,再然后便看见了桑吉。

喂——我朝他喊,小孩——

他抬起头,眉毛微皱。我叫桑吉,他也朝我喊。

你的羊在吃泥巴吗?我不怀好意地笑。

唔,你的羊才吃泥巴呢,桑吉歪着脑袋说。

你知道梨花村吗?这条路是不是通往梨花村啊?我收住笑容。

这回他咧开嘴笑了,牙齿熠熠生辉,阳光在他下巴处打出一片阴影。他飞快地向我跑来,准确地说,像小石子儿滚到我的脚边。

唔,我当然知道梨花村。白牙被收进去,抿着嘴一副得意的样子。桑吉个头不高,看起来十岁左右,我问他年龄,他想了好半天,将又黑又脏的右手在空中翻了一番,伸出两根指头,说,十岁,十二岁,唔,十一岁。说完摇了摇头,皱着眉,好像这个问题难住他了。他朝四面看看,右手在半空画了几道弧线,弹跳着指向远处。梨花村就在那里,他说。

还有多远?问出问题后我就后悔了,这样的距离问题对于一个孩子来说有点困难。但桑吉很快就答非所问了,唔,梨花村,梨花村就在那里。

那里是哪里?我故意逗他。

唔,那里就是那里。

后来我发现,"唔"字几乎是他的起始语,好比我们喝酒前要打开瓶盖,瓶盖和瓶嘴发出"啵"的一声后,方能倒出酒来。

唔,爬一个坡,再爬一个坡。

唔,朝着太阳走就对了。

唔,梨花村不多远。

…………

我继续向着太阳前进,走出不远后,桑吉追了上来。唔,你要去梨花村吗?他喘着粗气问,没等我回答,又说,你是要去梨花村看水井吗?

3

桑吉和我上路了,他说他都快记不起来梨花村和那口水井了,现在遇见我,我问了他梨花村,这下他就想起来了,想起梨花村后,这一天他会没心思放羊,所以他也想去梨花村。

在得知我去梨花村不是为了水井时,桑吉很意外,但仍然愿意与我一同前往,因为在这片草原,除了他和他的阿爸丹增,没有人比他们更熟悉这条路了。

那你的羊咋办? 我问。

唔,羊自己吃草。桑吉说。他很健谈,他的阿妈说他的问题比乌木家的羊还多,但他觉得自己的问题比草原上的草籽还多。

你去梨花村做什么? 桑吉问。

我想了想回答,去旅行。

唔,旅行是什么意思? 找朋友吗?

啊,旅行,我停顿了下,寻找一个合适的解释,旅行就是去那儿看一看吧。

为什么不去坝子上看一看,那儿有一棵红柳树,很漂亮;或者去宁亚寺,去转经,还能看僧人们辩经呢。

我皱着眉,说,我不想去坝子和宁亚寺,我就想去梨花村看一看。

为什么嘛? 梨花村还有啥吗? 桑吉打破砂锅似的问。

我有个朋友住在梨花村——

唔,我说嘛,旅行的意思就是找朋友嘛。桑吉嘬着嘴,十分得意。

你的朋友叫什么? 过了会儿他又问。

达瓦。我说,不过,我并没有见过我的朋友。

唔,他不愿意见你吗?

当然不是,我们有十多年不联系了,他给我写过信,我也给他写过信——

桑吉连忙打断我,告诉我他知道"信"是什么意思,信就是要紧的东西。对吧？他说。

有时,也是不要紧的东西,我反驳。

不要紧为啥写信嘛？

可能是……想念了。

唔,想念就是要紧的事嘛。我发觉桑吉像是已知谜底的人对我进行发问。他说没人比他阿爸更懂得信了,因为阿爸曾经是个送信的人。

在草原上送信？我很惊讶。

唔,草原上,骑马,送信去,从乡里到村子,到梨花村,到关木村,还到鸡头村。桑吉说阿爸经常带他一起去送信,他们骑一匹枣红色的马,每次出门都要两三天才能回来。不放羊了吗？羊和牛怎么办？阿妈总是追出来。阿爸就说,这是乡里派给的任务,你把羊赶到坡子上去嘛,羊自己吃草嘛。我们沿着这条路走,如果先去鸡头村,再去关木村,最后才去梨花村,这样路上就会走得很快,想快点去梨花村嘛;如果是先去了梨花村,再去鸡头村和关木村,离开梨花村后就会走得很慢,总是要多花半天时间。有的时候没有梨花村的信,阿爸也会去看一看,因为梨花村有一口井,阿爸就用桶装点井水回来,井里的水比沱沱河和昆仑河的水甜,阿妈说用井水煮出的酥油茶好喝,阿妈喝到甜井水,就不要阿爸放羊了。

唔，你和你的朋友为什么不联系了呢？桑吉好像突然想起来，转过头来问。

我想寻找一种简单易懂的叙述使桑吉明白，因为我和达瓦是笔友关系，笔友这个词桑吉能懂吗？我认识达瓦的时候和现在的桑吉差不多大，达瓦和我都是四年级学生。至于我和达瓦为什么开始了通信交往，我已经不太记得，是不是在报纸上看到一篇关于察木乡梨花村小学的报道，我写了一封信，那时我一定不知道达瓦，我只要在收信人的地方写下"四年级14号学生收"就可以了。

14是我的学号，很快，我便收到了回信，这简直让人太意外了。写信的人就是达瓦，信很短，只有几句话，他说他就是14号。达瓦的汉字写得不好，歪歪扭扭，像是被风吹散架了。

4

太阳晒得草尖儿发亮，回头看走过的路，很难分辨，完成使命后它们又藏到泥土里去了。我想着我所生活的城市，那些道路流露出来的自信，它们的强度和稳固性，使它们看起来那么的高傲和漫不经心。有的路极不友善，起初是小心翼翼毕恭毕敬地等着你的到来，可你一旦踏上去，它们就变得老谋深算，处心积虑地让你多走弯路。

我们笔直地向着南方，即便有时从路上偏离，但很快就会回到路上，在草原上没有什么比一条小路更让你感到踏实放心的了。

桑吉的话很多,但是并不令我厌烦,我也说了很多,好像把前几日的话都攒到现在了。

桑吉说爬过前面那个小坡,向左走,就能到鸡头村,向右走,就是去关木村,如果既不向左也不向右,那就是去梨花村了。

你对这儿很熟悉。我称赞他。

桑吉笑了,有点不好意思,他说他和阿爸去送信是很多年前的事了,那时他还小,比现在小,有时是他坐在阿爸的前面,有时是他自己骑马。每次经过这儿,阿爸总会问一下普莫,普莫是阿爸的枣红马,阿爸摸摸马额头说,普莫,我们要不要先去梨花村嘛?普莫这时就会打个响鼻,撒开蹄子朝梨花村的方向奔去。

桑吉问,城里的送信人也骑马吗?我说不是,马不会待在城里。

为什么嘛?桑吉问,城里人不喜欢马?

喜欢,城里人喜欢马,城里人更喜欢马肉。我狡黠地笑。

桑吉似懂非懂,他弯腰从地上捡起一个小石块,拴在马鞭一端,举过头顶,抡开,马鞭发出呼呼的声音,突然,持马鞭的手一收,小石块飞了出去,准确无误地打在一个小土堆上。桑吉说自己有一次差点打中一只狼崽,那只狼崽是独自出来觅食的,它跟在羊群后面,等待掉队的羊呢。放羊时桑吉沿途会捡几十个小石子放在随身的皮兜里,如果哪只羊离队或不老实,一个石子甩过去,它就老老实实回到队伍里来了。但我从来没有打在它们身上,桑吉补充说,因为它们是我最好的朋友。

我想起达瓦给我写的信了,他总是在信末写上一句:你最好的朋友达瓦。我被这句话感染了,以至于每次回信时,也在信的开头写上:达瓦,你是我最好的朋友。而实际上,我和达瓦之间只通了四次信,后来怎么就不写信了,也记不起来了。我记得第二封来信,达瓦滔滔不绝——那时我刚学会这个成语——说了很多,除去错别字,除去没写周全的字,再除去那些被风吹散架的字,能认出的也不多,那些字只讲了一件事,就是他们村的梨花都开了。

达瓦说村子里有一片梨树林,每年春天梨花会开放,白白的,像雪一样。

达瓦写那封信时正是春天,等我收到时夏天已经到来了,信在路上跑了很多天,但我仍然能闻到信纸上梨花的香气。

我问桑吉看过梨花没有?

桑吉说,看过,紫色的梨花,唔,好看得很。

我愣了一下,更正道:梨花是白色的。

5

我没想到会因为梨花是白色还是紫色的问题桑吉与我赌气,他一边抽着鞭子,一边快速向前跑去,把我甩出很远。

刚刚我对桑吉说梨花只有一种颜色,白色,为了证明梨花是白色,还特意背诵一首苏东坡的诗句:梨花淡白柳深青,柳絮飞时花满城。你看,梨花淡白,就是白色的嘛,梨花白色是事实,不可改变,它像真理一样存在。

于是桑吉急了,他说他看到的梨花是紫色,准没错的,梨花是阿爸带给他的,阿爸的梨花是从梨花村摘的,也准没错。他说自己不知道真理是啥,他的阿爸也经常和他讲到真理。他觉得真理就像一个洞,越掘越深,可是没有人能在洞口看见里面的样子,他倒是想把阿妈剪羊毛时难闻的气味看作是真理呢。

我也搞不懂自己为什么要和一个小屁孩争论梨花的颜色,白色、紫色,有那么重要吗?也许我们看到的世界只是真实世界的影子,是现象世界,在现象世界背后还有更加真实、更加完美的世界,那个世界是理念的世界,也许就是那个紫色梨花的世界。

桑吉——我在他身后喊。

你不可以叫桑吉,只有阿爸才可以这么叫。

次仁——我换了叫法。

也不可以,桑吉嘬着嘴。看来他是真生气了。

咩——咩——我开始学羊叫。

桑吉转过身笑了,他将双手窝成喇叭放在嘴边,朝我大声喊,所有的羊都是我好朋友,你也是我的好朋友。

桑吉让我讲一讲关于我的朋友达瓦,达瓦的信一定是经过我们脚下这条小路去往乡里呢。

我总是迫不及待地给达瓦回信,信寄出后便开始盼着,达瓦的信姗姗来迟,等到快要觉得我可能再也收不到他信的时候才会出现。信是寄到学校的，课间我会被班主任叫到她办公室去取，班主任走在我的前面，她走得极其缓慢，好像随时要掉转头问我什么，但一次都没有。我们要穿过操场一角，还要经过一条水杉小道，才能到达她的办公室，我从没这么认真且缓慢地走在校园里，水杉羽毛形状的落叶在地上铺了薄薄一层，踩在上面发出沙沙的响声，我的脚有点不听使唤，走得很别扭，不知道该让步子重一点，还是轻一点。我听到远处大堤上的鸟叫，还有更远处自行车的铃铛，尖细的，又短促的，似乎奔赴远方而去。这一路，我的心情十分复杂，激动、欣喜、温暖，还有一点淡淡的忧伤，我至今不明白为什么会感到忧伤，好像那些美好的事物即将要消失似的。

美好的东西都很短暂，我突然对桑吉说。

桑吉抬头看我，眼睛里有夕阳的影子。短暂是什么意思？他问。

短暂，就是马上有消失的危险的意思。我努力解释着。

唔，那么，阿爸的枣红马也要消失吗？

6

桑吉一家搬来若尔木牧场的第一个夏天，他的阿爸丹增就开始骑马送信了。他们渐渐熟悉了草原上的每个小村落，每个山丘，每条小路，每扇被北风吹得呼啦作响的毡包门。他们会在水花飞溅中穿过昆仑山脉冰雪融化的溪流，或者在夕阳下慢悠悠爬上牛背山的山口。桑吉说阿爸总是爱唱歌，他的声音跑得很远，普莫奔跑好一会儿才能追上所有回音。夏天是最好的季节，阿爸和普莫看着风景就到家了。到了冬天，路就难走了，地上结满冰溜子，阿爸穿上厚厚的毡筒靴，把自己裹得严严实实，若是遇到大雪，去一趟梨花村就得一个礼拜了。村里的人都很想念阿爸的到来，要是很久没看见阿爸，他们就会串门子问一问：看见丹增了吗？丹增多久能到？丹增的枣红马去井边了吗？阿爸的挎包里背着几封信，有的是从县里寄来的，有的是从省城寄来的，回去的时候，包里还会有几封信，是寄到县里的，或寄到省里的。桑吉问他的阿爸，他们为什么写信？信是祝福吗？

哦，不只是祝福，还有，别的嘛，他的阿爸回答他。

桑吉又问，唔，他们为什么把信装在纸包里，是不想让别人看到吗？

哦，看不见的东西使它美丽，重要的东西是看不见的。他的阿爸说话时喜欢加一个"哦"字，和桑吉的"唔"一个意思。桑吉说草原上没有人比阿爸识字多，他喜欢听阿爸说话，虽然他常常听不懂。

我们已经走了很久，太阳变得无力，我问桑吉还有多远？桑吉回答，不多远。这样的问答已进行了若干次，每一次桑吉都胸有成竹地回答这仨字。要是我再追问，桑吉一定会说，梨花村就在那里，准没错的。

天黑前能赶到吗？我又问。

桑吉皱着眉头想了会儿，好像脑子里正进行精密的路程计算,计算完,继续斩钉截铁地对我说,不多远,准没错的。

桑吉说他和阿爸送信去梨花村,有时太阳很高就到了,有时天黑才赶到,有一次,天黑透了,他们还在半路,后来阿爸看见一个白白的东西,是毡包,毡包很破,所以它的主人没将它带走,他们便在里面待了一晚,阿爸说一定是从夏牧场赶去冬牧场的人家。他们在毡包里发现一小袋青稞面、一盒火柴,那个晚上,他们吃得很饱,睡得也很好。

黑暗是一层层降临的,第一层黑暗到来时,大地生出些许凉意;第三层黑暗到来时,我和桑吉看不见彼此的眼睛了。又向前走了一会儿,我们并没能幸运地遇到一个破毡包,倒是在一个矮坡下发现了两堵墙,这是一个废弃的羊圈,用石头堆成长方形,现在只剩下长方形的两条边了。当然也没发现青稞面,只有墙角堆着一点牦牛粪。在草原上,牦牛粪是个好东西。我和桑吉点上牦牛粪,火光明灭。

不赶路的桑吉这时想起了他的羊。

它们会自己回家吗？我关心地问。

桑吉说会的,但是他还是会担心,因为从没有和它们分开过这么久。桑吉说乌木家的羊每天自己回去,詹太佳家的羊也是自己回去,可是他一点都不担心,他只担心他的羊,这是为什么嘛？桑吉问我。

因为你和你的羊建立了联系,我说。

唔,阿爸也是这么说的,阿爸说写信就是与人建立联系。

我想了想说,人存在就是为了与人联系吧,只有这样,生命才有意义。

　　桑吉睡着了,迷迷糊糊中对我说,可我还是想去梨花村,去看那口井。很快他又进入梦乡,嘴角微微上扬,白牙在火光中如珍珠一般明亮,桑吉一定正在梦里品尝梨花村的井水吧。

7

　　火早已熄灭,牦牛粪燃烧时间太短,熄灭后竟能闻见牦牛啃食的青草气息。我被风声叫醒了,但不愿睁开眼睛,谁想看这笼盖四野的黑暗呢。不知道风从哪里来,又去向哪里,现在,整个草原都交给了它们,它们在狂奔,在撒欢,它们成了黑暗的主人。风声里包藏了一切,桑吉细微的鼾声,还有别的动物叫声,隐隐约约,断断续续。我的身上立即生出寒意,仿佛正有无数双眼睛盯着自己。睁开眼一看,着实吃了一惊,满天大如眼睛的星斗,草原上空呈现出一种晶莹剔透的明亮。想想最早定义星宿和天象的人应该有一颗诗意的心吧,他们应该就躺在草地上,仰望星空,观察月亮与星星的变化,搞明白阴与阳的关系。所以,世界从来都不是忙碌的人创造的。

　　我伸展了下腿,手臂环住桑吉,有一阵觉得是抱着童年的自己,这么一想,心里居然小小感动了一下。白天桑吉问我会不会给他写信?我说会的。桑吉很高兴,但很快就沮丧起来。你不会的,因为没有人再写信了,他说。我把记着梦境的纸送给他做纪念,桑吉很开心,他接过纸折起来,把字小心翼翼地包在里面,这时便觉得那些和雪有关的文字具有了意义。他把纸包递给我,让我在上面写下:桑吉罗布(收)。

我收到达瓦的第四封信是第二年的春天,那时天气还没有回暖,南方湿冷的空气使人情绪低落,达瓦的信就是这时候到来的,达瓦说,我最好的朋友,欢迎你来我的家乡。他说如果我这时候去梨花村的话,正好赶上梨花开放,今年的梨花会开得特别好,特别多。去年的梨花也开得很多,不过,今年一定比去年还要多。我最好的朋友,达瓦写道,你一定没有见过这么漂亮的梨花,它们又白又透明。

关于又白又透明的说法使我困惑很久,以至于后来学习化学,总是将白色液体和透明液体混淆。

夜里我做了一串梦,梦里达瓦又给我写信了,他的字一点长进都没有,还是被风吹散架的样子。达瓦在信末写道,桑吉,快给我回信啊,我是你最好的朋友达瓦。我立即给达瓦回信,我要对达瓦说,我不叫桑吉,难道你忘记我的名字了? 我可是你最好的朋友啊。但我的笔写出的字和纸一样又白又透明。

醒来天已经亮了,草原升起淡淡的水汽,是那种又白又透明的模样。桑吉起来了,正在用一个石块拨弄灰烬。

我们又上路了,桑吉的情绪明显不及昨天高涨,他走在前面,偶尔转过头看我一眼。唱首歌嘛,桑吉对我说。我扯着嗓子用五音不全的调子吼了几句,桑吉连忙阻止,唔,别唱了,你的歌声连秃鹫都会被吓跑。他说阿爸的歌声很好听,整个草原上没有人比阿爸的歌声还动听。

8

我们依旧一前一后地走着，太阳把他细瘦的影子送到我脚下，我踩着影子前进，有一阵想起夜里的梦，觉得挺有意思，好像我正被童年的自己牵引着。

晌午时分，我们到达了溪边，直至此时，桑吉才兴奋起来。就是这儿，就是这儿，准没错的，桑吉一阵雀跃，他说自己记得这条小溪，因为看到小溪就意味着快到牛背坡了，到了牛背坡就快到梨花村了。桑吉说沿着小溪向前再走一千零九步，到达牛背坡，翻过山坡就是梨花村了。他指着不远处一条拱起的坡线让我看。快看，梨花村就在那里。我顺着所指的方向看去，有一条微微隆起的曲线，曲线的那一边被挡住了，并不能看到，曲线和天空形成一道神秘的符号，像一条拉链，隐约有水汽（可能是炊烟），细瘦的，正从拉链缝隙中穿过。

我喜欢桑吉说的一千零九步，这让我觉得从这儿到山坡的路变得神奇，仿佛它不是一条路，而是别的什么……别的什么，我想了好久，并没想出一个合适的比方。我们打算在溪边歇一会儿，在开始计数前，我想充分休息一阵。的确，我们也走了很久了。桑吉说阿爸每次走到这儿都会让普莫喝水。普莫喝完水就去吃草，阿爸便慢慢往前走，不管阿爸走多远，只要一吹口哨，普莫便奔跑过去，普莫这样做并不是顺从，而是它不想和阿爸分开得太久。

我掬一捧水洗脸，溪水很凉，简直可以叫作彻骨。溪水两边的草地厚实了一些，草尖儿已开始返青，让人愉悦。我兜水浇在草地上，桑吉在学我。我捡来一个尖尖的石块，打算将溪水引流，泥土很松软，很快就被犁出一条小道，水迅速流过来，附近的草色明显深了，再将分流的溪水引向更远的草地。桑吉问我在做什么？我不假思索地说，写字。说完，桑吉也捡来一块石头效仿我。我说桑吉你在做什么？

桑吉头也不抬地说，写信。说完我俩都哈哈大笑，将手里的石块扔向对方，再后来，把石块换成水，用手舀水泼向对方，水花溅向空中，又白又透明。

两人打闹尽兴，手上脸上沾满泥巴，精疲力尽地躺在地上，刚躺下没多久，感到身体被什么推了一下，翻身爬起来，原来是一个地鼠洞，一定是堵住它们出口了。当我守着洞口时，地鼠在几米外探了下头，我连忙扑过去，还是晚了，小东西又钻进去了。我发现它有两个洞口，便喊桑吉来帮忙，一人负责一个洞，不信捉不住它。

当我们紧守两个洞口时，却发现不仅仅两个，因为我们都看见地鼠从远处一只洞口奔向溪边的一个洞去了。但我们没有泄气，好像地上地下的动物正进行一场游戏。我和桑吉将每个洞口用泥巴堵住，但是地鼠总是从新的洞口出现，直到傍晚，我们都没能取得胜利。我想起了常玩的打地鼠游戏，锤子刚落下，保准地鼠从另一个洞口探出头，于是就这么乐此不疲地追逐下去。

后来我们也不堵洞了，守在一个洞口等待地鼠的出现，就这样过去很久,我都快忘记自己坐在这儿干什么了,忘记自己为什么坐在草原上的一个地鼠洞前。

太阳早就不见了,天空呈现出铅灰色,像一个巨大的水泡摇摇欲坠。好一会儿后,我和桑吉才想起我们的目的地——梨花村。

9

按照桑吉说的,从溪边走到坡下正好一千零九步,为了控制好数字,我们走得极其认真,但是很不巧,我走了两千零九步,而桑吉走了两千四百多步,我猜桑吉说的一千零九步也许是马步,难说。

快到坡顶的时候,我竟然感到有些激动,从我的脚步便可看出,我想起在校园里跟在班主任身后去取信的时光,水杉叶子在脚下发出沙沙声,阳光被头顶的树叶筛出无数光斑,有的是静止的,有的在跳跃,我踩着光斑前进,好像要把它们一个个摁进黑暗的泥土里。

我和桑吉牵着手,因为谁都不想让另一个人落在自己后面看见梨花村。

山坡下的世界一点点出现了——

是广袤又辽阔的草地,和泥土一样颜色的草连绵到天边,除此之外什么都没有。我们都怔怔地站着,难以相信眼前的一切,如果不出意外,这里应该是村庄啊,矮矮的、石头堆砌的房子散落着,或者紧紧挤在一起,房子之外的地方是矮矮的树木,准确地说,是梨树,梨花正一簇一簇地开放着,像雪一样,又白又透明。

可是,什么都没有,连一间破房子都没有,连一个人都没有,连一只羊都没有,天地间空荡荡的。我和桑吉慢慢往坡下走,下午的打闹耗去我们所有的力气,以至于此刻都不想说话。天色暗了很多,包藏在头顶上的水泡越坠越低。半晌,我们看见远处有个人,骑着马,正向我们靠近。我们用力招手,那人向我们走来,近了才发现,他并没有骑马,而是骑着一辆笨重的摩托。

这里是梨花村吗? 梨花村在哪里? 我们迫不及待地问。

对方皱了皱眉, 好像从没听过这个名字, 摇着头继续赶路了。

脚下的枯草发出沙沙的声音, 不仔细听, 以为踩在雪地上呢。

果然, 开始下雪了, 一朵一朵从天上坠落下来, 重重地, 有力地落在我的肩上, 落在我的头发上, 落在我的眉毛上, 雪花很大很漂亮,白得那么透明。

我想起了我的三个名字, 我把它们分别送给一只地鼠, 头顶的一朵云, 还有牛背坡前面的那个小土丘。

黑暗一寸一寸降临, 渐渐地, 如同拉链一样, 将天地连成一片,看不清远处,只看见视线的尽头有一株比草略高出一点的矮树,在有风的草海间,如同一艘载着整个草原全部秘密的船向前驶去。

追风筝的人

1

　　我从北京回扬州的第一顿饭是根子安排的。火车经过南京的时候我往他的手机发了一条信息，根子就开着车来接我了。我们在出站口处拥抱，像电视里的镜头一样，又在彼此后背用力拍拍——这种亲密的动作显得我们关系很铁似的。恰恰相反，我和他仅一面之缘，还是在去年冬天，根子去北京追债成功（他是这么告诉我的），在天安门广场让我给他和远处的纪念碑合个影，他在人堆中一眼就瞄准了我，可能我看起来拍照很好的样子，也有可能是很闲。的确，那段时间我没什么事干，一切都处于青黄不接的状态（除女朋友这事外），我母亲打电话来叫我多出去运动运动。年纪轻轻的，一身病，她说。我遵循了老人家前半句意思，出去，至于后半句意思——运动，我实在提不起兴致。我觉得那些在健身房里挥汗如雨的尽是些年轻人——血气方刚,浑身的劲儿没处使似的。像我这个年纪(我同学的孩子已经打酱油了)力气用得快差不多了。生活本身就是一件体力活,歇斯底里吵架,变着花样地揍娃,绞尽脑汁周旋,哪一件不需要力气? 当然,我还没有结婚,没有娃,但有几个女朋友,比娃更累心。

我有时"出去",是为了逃避她们,我打车——手头宽裕的时候,拮据时就坐公交。这也没什么不好。车经过天安门广场时,我都会探出脑袋看一看,或者干脆下去走一走,我喜欢看广场上激昂的人群,那些被旅行团从祖国各地运来的大爷大妈们总能使我内心蓬勃点儿什么。

当然,根子还没到大爷的年纪,他比我还小,胖胖的,脖子上套着根大金链子,很有黑社会的意思。

"这不重吗?"我指着金链子问他。

"不重,里面是空的。"他笑起来,露出缺掉的侧切牙。

"那戴着唬唬人哦。"

"是哦,唬唬人。"根子松开方向盘,将金链子取下扔给我看。

金链子在我眼前晃了晃,把照进来的阳光摇得碎兮兮的。

车驶出火车站了,我摇下窗向外狠狠啐了口痰,义愤填膺地。"妈的,还是扬州好,空气舒服。"我朝车窗外说。

"那当然,扬州的女人也好。"根子忍不住笑起来,车身也跟着一颤一颤的。他告诉我今晚的酒局就定在"扬州天下",里面的小服务员个个水灵灵的。当然，为了配合我的艺术家身份，他也叫了三个艺术家朋友来作陪，两男一女。他将三根指头在我跟前晃了晃。

饭店藏在路边的一排房子后，灯箱上的"下"字已经瞎了，只剩"扬州天"，别有意味。艺术家之"两男"分别坐在我的左右两侧，左侧的是"书法家"，根子如是介绍。其人瘦小，以至于很灵活，我都不知道他是怎么从我的椅背与墙面的狭缝里钻来钻去的。他说和我一见如故，要送我墨宝，迫不及待招来服务员问有没有笔墨纸砚。右侧的艺术家呢是画家，据根子介绍此人师从黄宾虹。我想了想黄宾虹的生卒年，一口酒差点没喷出来。画家不怎么说话，不苟言笑地抽烟，偶尔递过手机让我"指教指教"他的画。而女艺术家还没到。这多么令人期待。

根子的电话间隔就会响起，女艺术家不停向他汇报到达的地点，再由根子向我们转述：石塔寺了，文昌阁了，冶春了，大虹桥了……扬州天下了——终于到了，我长吁一口气，真怕她中途有个什么事儿而缺席。我这人做事蔫了吧唧的，唯有对异性上永葆着热情。根子放下手机说到了到了，到楼下了。

又等待了十多分钟后，女艺术家并没有出现，其间我出去抽了支烟，"指教"了画家三十多幅画，根子仍不停接到女艺术家打来的电话，诸如哪个包厢呢？怎么没看见呢？确定是扬州天下吗？是不是走错楼梯了？等等。我有些恼火，甚至想冲到楼下把其拎上来，在我内心极度沮丧和疲惫的时候，包厢的门打开了。

我想把"鲜艳"一词献给这位伟大的艺术家,要是她不出声,我一定以为是一只花篮自己走进来了。她这一身打扮用花枝招展形容都不够——花的裤子,更花一点的上衣,头发盘起,由一支大花发夹固定着。在我透过花丛与她的目光相遇时,我不禁惊讶起来——这不是我的初中同学杨红霞嘛。对方也认出了我,显得格外激动,她说,陈真,真的是你啊,陈真,我们有多少年没见啦陈真。

　　杨红霞和我都是马湖镇中学的,只同窗了两年,初二下学期她就被其父亲带回去了。杨红霞家住农村,条件不好,姊妹又多, 她父母希望她早点务农以减轻负担。但杨红霞热爱上学,深知学习是唯一的出路,于是又偷偷跑回来,他的父亲在地里找不到人了,便气愤地追到学校,所以,我们常常看到一幅撕心裂肺的场面。按理说杨红霞如此热爱学习(据说同学每天经过她家门口时,都能听到杨红霞琅琅的读书声),成绩应该是优异的,但她的成绩一直不好,考试总是垫底。初二下学期她就离开了,跟他们村里的人到安徽学做皮鞋去了。

　　我之所以在二十年后仍能记住她的名字,是因为后来我们有过长达八年的书信往来。杨红霞去安徽后便给我们寄来了信,用"我们"是因为班上三十多个人都收到了杨红霞的信,她好像和每个同学都友谊深厚,需要书信来诉说衷肠。但很快大家便不再写信了,毕竟到了初三,学业重了,再加之他们对杨红霞并没太多印象,甚至两年里都没有说过一句话。

　　只有我和她的通信保持了下来。其一原因是我喜欢在早读课或自习课的时候被老师叫到办公室去取信,我会走得极其缓慢和自在,能够离开课堂一会儿,多么令人愉悦;其二原因是那时我开始写点随笔什么的,急需像杨红霞这样热情又忠实的读者,据说她将我信中优美或富有哲理的句子摘抄下来,厚厚两大本,间接地鼓舞了我的文学创作。

"陈真,没想到你真的成为大作家了,那时我就十分看好你哦。"杨红霞突然说道。我不知道根子是怎么向他们介绍我的,我也记不得我又是怎么向根子介绍自己的,可能那天在天安门广场上,由于一种威严或宏大的气氛感染了我,也使我随口说出一些威严或宏大的词语来。这几年我的确也写了一些东西,但籍籍无名,去年和一个朋友搞剧本融资,想拍一部震惊影坛的电影,获他个金鸡金像金棕榈的,结果呢,人财两空。当然,这词用得不完全准确,因为我本来就没什么钱。

饭局的后半场几乎变成了同学叙旧,叙旧的主要是杨红霞,而我的确和她没什么好说的,她今晚的出场多少令我有些失落,可能是我对女艺术家的期待过高导致的。

再说杨红霞吧,我实在无法将她与"艺术家"联系起来,她的说话腔调、穿衣特点,以及找不着北的傻愣和二十年前没什么两样。她总是突然地大声说:"太高兴啦,陈真,真的是你吗?"

如果是青春偶像剧,男主人一定含情脉脉地回答:真的是我,如假包换。

可我想换呢。

2

我和杨红霞的第二次见面仍然是在根子的饭局上,在这之前我一直和根子混在一起,我的吃住行基本都由他包揽了,这让我有时在酒醒后虚惊一下,我究竟在天安门广场上对根子说过什么牛×哄哄的话。

终于,根子在一杯酒下肚后提出了他的设想,他希望和我,以及三个艺术家合作成立文化公司。根子说自己上面有人,有路子;我呢,来自京城,见的世面大了去了,负责文字创意和方案策划;而三个艺术家呢,个个技艺精湛,坐镇扬州书画界第一把交椅。他认为没有比这更好的组合了,扬州又是一个文化之地,眼下对文艺的重视,老百姓的附庸风雅;简直是天时地利人和,是时候该出手了。

这番话的确很鼓舞人心,大家纷纷举起杯来,我也不例外。我对办公司没什么特别大的兴趣,只要不让我出钱,又能分得一杯羹,为什么要拒绝。

酒局的氛围明显高涨了起来,大家纷纷换了位置,彼此交头接耳,比如书法家坐到了根子旁边,杨红霞也坐到了我的旁边,她并没有像其他几位一样畅想文化公司的未来,而是继续和我叙旧,杨红霞咧开嘴笑着,细细密密的牙齿一直暴露在外,她对能和我一起成立公司无比兴奋,好像和二十多年前我们在一个教室一同学习一样。

我从根子口中得知，杨红霞这些年一直从事"绘画"工作，业务不错呢。他说在火车站的出站口，医院的围墙上，都有杨红霞的"作品"。

这么一说，我也就明白了，杨红霞干的是墙绘。这在国内是一个新兴的行业，它和真正的艺术并非沾得上边儿，千万别把它和摩崖石刻或敦煌壁画什么的联系到一起，也就是借艺术的幌子省点墙砖墙纸的钱。但我仍不明白杨红霞是怎么从一个鞋匠摇身一变成了墙绘师的。

杨红霞似乎看出了我的疑惑，兴高采烈地向我讲述起她的"过去"，她说她的确做了五年皮鞋。哎，陈真，你还记得那个地址吗？我给你写信的地址哎，就是那里，我在那里做了五年皮鞋呢。杨红霞饶有兴趣地讲了起来，讲了很久，很细碎，以至于我只记住了几句，也算是中心思想了。杨红霞说后来做鞋用的皮子都是人造皮，人造皮上的漆层非常糟糕，一不小心便蹭掉了。她就琢磨这漆的事儿，一琢磨就随一个老乡去做油漆了，做过汽车喷漆，也做过装潢刷漆。一次她看见有人在墙上画画，一问，才知道这叫墙绘，比刷漆来钱多了。于是她就跟着人家去学墙绘了。杨红霞说没什么大不了的，和刷漆是一样一样的。

我没见过杨红霞的"作品"，但根据她上学时的表现能推测一二。记得有一次数学老师叫她到黑板上画一个平行四边形，杨红霞在黑板上来回修改半天，愣是没把平行四边形的两条边画平行。最后老师也急了，几乎哀求她，咱好好画，不闹，好不好？

陈真，你还记得你给我写的第一封信吗？杨红霞突然问我，她总是将话题引向我们通信的时光。你在信里说，叫我多读书，后来我就去买了一本《简·爱》，读了四遍呢。

这些我真的记不起来了，我只记得杨红霞的信总是很长，仿佛有"说也说不完"的话，而且叙述平平，没有重点。进入大学后我便很少回信了，那时我担任学校校刊编辑，读者也多，已无须杨红霞这样的粉丝了。再后来我以学业忙为由不再回信，但杨红霞的信仍然准时飞来，那些信大多数没被拆开，便以烟缸或抹布的身份消失在宿舍垃圾桶里了。

后来你大学毕业，就联系不上你了，我还往你的家里写过信呢。杨红霞有点嗔怪着，脸上又出现了小时候的那种神情。杨红霞因为成绩不好，故朋友不多。她发育早，初一下学期个子猛地蹿高了，从第一排坐到了最后一排。众所周知，后排汇集了太多的差生，杨红霞尽管个子高，尽管也是个差生，仍然成为差生们的欺负对象。但杨红霞是不会放在心里的，习以为常了，跟她在家里的地位是一样的。据说她下面还有四个妹妹，她父母一心想要个男孩，结果一连串生的都是女娃。最后一个妹妹出生时，他父亲正在牌桌上，杨红霞的奶奶跛着小脚去唤他，在哗啦啦的洗牌声中告诉杨红霞父亲，又生了个讨债的咯，她的奶奶倚在门框上有气无力地说，你给起个名儿吧。杨红霞父亲牌运正背，这无疑对他又是一个不小的打击，于是愤然甩出一张麻将子儿，说，点杠。后来，杨红霞这个小妹妹就叫杨红杠。

我们在聊天兼回忆的过程中，饭局已进入尾声。根子和书法家画家的畅想未来也走出了高潮。根子提议公司选址在他老城区的三合院里。那里安静，有味道，根子说。一行人都拍手称赞，省了选址的麻烦岂不更好。于是大家兴高采烈且跟跟跄跄地下楼，杨红霞穿着花衣服送别大家，认真热情地朝每个人挥手，突兀的个子有种天塌了有她顶着的安全感。

在我钻进车里的一刹那，她突然朝我喊了一声，陈真，你在北京有认识的律师吗？

3

成立公司的事说干就干，这一点倒是不太符合我的做事风格。公司地点就在根子祖上留下的老城区三合院，巷子纵横交错，其路径复杂程度可想而知。开业那天，我就迷路了，结果是寻着鞭炮声找过来的。根子为了营造一点喜庆气氛，点了五条一千响的小鞭炮，足足响了二十分钟，附近的老头老太都被炸出来了，从四面八方拥来，如同美国大片中的变异生物倾巢而出，他们认为我们在这里出入将会给他们带来危险，因此日后我们不断受到老头老太们的各种伏击，此为后话。

根子交代了公司事项以及各自的负责范围，比如公司分为几大块：书画文创类、艺术培训类、实体墙绘类。每个人都封了官，各司其职，一副要大干一场的模样。忘了交代，公司的名字就叫扬州天。

墙绘类自然是杨红霞的事了，但由我主管，杨红霞分明有些激动，脸上竟出现学生时代的那种绯红。午饭是在小院吃的，杨红霞负责做饭，我们四个在堂屋里边打牌边等。后来，我们惊奇地发现，这是一种多么理想的生活状态啊。那段日子，我们每天聚在小院里打牌，四个人，不多不少，从中午打到半夜，肚子饿了就喊一点外卖，塑料盒在墙角下堆成山等着杨红霞来收拾。有时打上一整夜，直到巷子里那些痰盂的铿锵洗刷声出现了，我们才结束牌局，往地上狠吐一口痰，疲惫不堪地各自散去。我们欣喜并感叹，成立公司的最大好处就是每天有了固定的牌搭子。

　　公司成立以后，也没什么业务，用根子的话说，首先启动的项目是墙绘。根子在会上交代，每个人不得私下接活儿，必须走公司流程。根子的意思大家心知肚明，以前杨红霞干活养活自己，现在干活还要养活我们。不过，根子说，这只是现状，现状都是用来改变的，我们的艺术培训就要上马，要对未来有信心嘛。杨红霞也积极表态，公司是大家的，怎能计较个人得失。

　　根子提议由我担任墙绘项目的主管，也就是有了监督的职责，为了表现出自己对绘画很懂似的，我常常大谈特谈，什么19世纪的西方印象派，从莫奈、雷诺阿，到梵高，从新印象派的修拉和西涅克，到后印象派塞尚和高更；或者谈谈清初的"四王"和"四僧"。这个时候我总把话题拉到眼前。你呢，我对杨红霞说，你就是缺点儿艺术细胞。杨红霞歉意地笑着，在我的口水喷溅中如沐春风，她听得极其认真，仰着头坐在矮矮的小马扎上,一副嗷嗷待哺的模样。

杨红霞是很开心的,一点都不亚于二十年前收到我信的兴奋,在她看来,能和我共事"真是太好了",更何况还在一个部门。一次洽谈新的业务,杨红霞恳请我和她一同会见甲方,其实都是些老客户,无须我的出场,我便借故在外面打打电话或抽支烟,进去时合同已经签订好了。也就几千元的活儿,但多少令人有些兴奋,我的脑细胞也就是那个时候活跃一下,计算一下自己能瓜分到的数字。

那段时间,我比较缺钱,所以对生活也就缺乏热情,我总在想,老天应该给我来点儿刺激,越狠越好,比如中个五百万什么的,让我变得热爱生活起来。

陈真,杨红霞把我从美梦里叫醒。前面就是仙城了,没多远就到马湖中学了,你还记得我们的母校吗?

杨红霞说这话的时候,方向盘已经转向那边了。

我正和北京的女友之一发着信息,为回答她的一大串疑问而浑身发毛。干什么啊,我突然喊起来,我没时间陪你回忆去。这一声怒吼,吓得杨红霞哆嗦一下,赶紧打回方向盘。

我也不明白刚刚为什么要喊那一嗓子,大概是对"回忆"这事充满反感,女人都爱回忆是吗?回忆有意义吗?没有意义,除了浪费时间和感情外,毫无意义。一路上,我们都没有说话,我放倒座椅睡了会儿,杨红霞则专注开车。到小院时,杨红霞一直帮我拿着茶杯,小心翼翼地跟在后头,不吭声。我也意识到自己的脾气暴躁,为了缓解气氛,从包里翻出一张名片递给杨红霞。

这是北京的律师，我的朋友，我说，上次你要——

话还没说完，名片被根子抢去了。有个卵用，根子对杨红霞说，北京的律师打不了你扬州的官司。

后来在一同解手的时候，根子才告诫我，这个忙不要帮，杨红霞打官司是向前夫要小孩。根子正努力排尽最后一滴尿，为表示着急，手指夹住的家伙都被甩得变了形。你说，根子提好裤子，意味深长地看着我，她带着小孩还怎么画墙绘呢——

4

第一个月，按照分红我获得三千二百元，根子四千二百元（多出来的是房租补贴），两位书画家各一千五，杨红霞比我多一点，因为有劳务费。我想杨红霞如果有点脑子，应该知道这些都是她一个人的，我用眼睛偷偷看她，没看出她脸上有任何不满或疑惑，相反，她显得异常激动，脸上又绯红绯红的了。

晚上自然是要喝酒的，从北京回来我几乎每天过的都是醉生梦死般的生活，原本以为像我这样从京城逃离的人，处处都给人落魄之感，没想到在扬州却如鱼得水，真应了那句古话，瘦死的骆驼比马大。根子说我是大笔杆子，著名作家，凭"陈真"这俩字就能震慑人（我敢保证根子从没读过我的文章），所以启动资金的事对我就免了，但另外三位艺术家还是要出的。

大概受了墙绘项目的鼓舞，书画家们也决定上马国学了，地点依旧在小院里,邀请两位"成功人士"隔三岔五地指导指导,指导完了便是一顿大喝,自然是杨红霞做饭,我和根子作陪。那些日子每天两顿大酒,换来第二天整个身体的空乏和心情极度郁闷。我对国学这事表现得冷淡,尤其是对这两位成功人士。根子按照加盟要求在小院贴了无数张规章制度等,杨红霞则在附近的小学和幼儿园发了两个礼拜传单,终于迎来了八名试听生。书法家和画家负责书画教学,我教诗词,根子教武术。我们都没有经过专业培训,对课外教育一窍不通,纯粹按照自己的心情来,到了第四天,就只剩三人了。

这仨孩子大概都是父母没时间照应的, 一大早就被送来了,每天在小院里呼啦啦地追跑,有时我们正在打牌,冷不丁一只皮球砸过来,根子脾气暴躁,一把捞起球砸出小院。有的时候,我在太阳底下看书,一男孩模样的女孩把小黑手放在我的书上,她可能是想和我玩儿,但我对小孩没有丝毫兴致,对此我不会像根子那样暴怒,而是双眼凛冽地看着她,不消一分钟,女孩就哇哇哭去了。只有杨红霞例外, 极有耐心地和他们说话,帮他们洗手,擦屁股,扎辫子,抠牙齿缝里的肉渣……

你几岁啦?杨红霞问其中一个男孩。

五岁,男孩说。

哦,五岁啦,我家也有一个小哥哥,叫多多,今年七岁啦。

…………

杨红霞和小孩聊天的时候,我正和根子下棋。根子小声对我说,杨红霞那官司打不赢的。

哦？我扬起眉问为什么。

她得过抑郁症，不可能把孩子判给她的。

那……当初为什么离婚？我问。

就不该结这婚，根子吐了口痰，那男的原来是和她一起做油漆的，人不咋的，他追杨红霞，杨红霞也没同意，不同意就硬上，算不算强奸呢——根子看了看我，哪知就那一下子，怀上了，后来就结了婚。

我吁了口气，好像这剧情比较符合杨红霞傻不愣登的性格似的。转眼再看杨红霞，她正蹲在地上给一个小孩擦屁股，阳光照在她嵌着亮片的衣服上，竟折射出五彩光芒。

那后来为什么又离婚？我压低声音。

根子撇着嘴，狗改不了吃屎，就那德行，在外又养了女人。

我×，我蹦出一句，杨红霞怎么没把小孩带走？

被公婆藏起来了，我就是那时候跟杨红霞认识的，追债嘛，人债也是债，不过，没追成功。根子兀自笑起来。

我差点忘记根子的老本行了。

5

圣诞节前夕，扬州下了一场雪，厚厚的，将万物覆盖。

此时我已经搬到小院了，为了省点吃住费用。当然，也不是谁都能享有这份待遇。

早晨开门时，门被雪抵着，推了半天才打开，一封信落在雪地上。收件人竟然是"陈真",拆开一看,是一张圣诞贺卡,这年头收到贺卡也算是珍稀之物了,没有落款,但从歪歪斜斜的字上看,是杨红霞无疑了,卡片上写了几句祝福的话,然后就是希望我多读书,多写作之类。我把卡片塞回信封,随手插进雪堆里。

一早杨红霞来小院打扫卫生——不画墙绘的时候她都来小院,帮我们收拾前一天的餐具和垃圾(基于杨红霞这种保姆般的照顾,我们纷纷感到母系社会的美好)。她又给我买了一条烟,说,陈真你要少抽烟,抽烟对身体有害——要是这话让根子听到了,定会挤对她——有害你还买给他? 求求你也害害我们吧。杨红霞便哼一声,说这是给陈真写作抽的,你们会写作吗? 所以有时抽着杨红霞带来的烟,我不免有点心虚,以杨红霞对我的期望,我该写出怎样的惊世之作呢。

杨红霞把桌子擦干净,将地拖了一遍,做完又蹲在地上铲我们嚼过的口香糖——我仿佛又看到学生时代的她了,一身夯劲地在教室里打扫卫生。后来,杨红霞发现雪堆里的贺卡,怔住,整个身体僵了一会儿,随后便看到她装作若无其事地将贺卡放在我的书桌上。

晌午时候,杨红霞接到一个电话,关于墙绘的活儿,甲方要求到现场看一下。挂了电话杨红霞看我,仿佛征求我这个主管的意见。

去啊。我说,眼前顿时有钞票在飞。

可是,路上雪挺厚的。杨红霞支支吾吾。

那就打车。我站着说话不腰疼。

杨红霞没再说话,急匆匆地就要离开。在她走进巷子的时候,我从身后叫住她,我跟你去吧,我说,我给你开车。

上车后我就后悔了,没想到地点在淮安,但杨红霞却很兴奋,一路都在感谢我对她的"关心",她说她车技不高,一坐在驾驶座上就有点紧张。

路上的积雪已经被清了部分,除了湿滑,路况还算不错,我开得很快,有点风驰电掣的感觉,杨红霞坐得毕恭毕敬,一边叫我慢点,一边又不断感谢我为她节约了时间。她真是想多了,我之所以开得飞快,是想早点回到小院,这样的雪天坐在沙发里喝喝茶刷刷新闻岂不是乐事。

约谈地点在一所幼儿园,一面十米高的广告墙,园方说这面墙是幼儿园的灵魂之墙,是幼儿园向外界展示的窗口,四面八方的人经过这里,都会驻足看一看,因此,他们十分重视。说话间,此人拿出一张图片,递给我们。图上是一群穿得干净鲜艳的孩子,坐在草地上(如果此处可以加上副词的话,一定是"摇头晃脑,表情浮夸地")读书。

你们也看到了,我们就是想表达孩子们有着愉快而美好的童年。递来图片的人说。

杨红霞不住地点头,伴以啧啧的赞扬声,真好呢!真好呢!

而我不置一词,懒于掺和这种缺乏高度的交谈。

工期并不着急,因为这个原因,对方开出了非常低的价格。杨红霞偷偷和我耳语,认为工作量大,费用又低,划不来,唉。

此时的我,作为分红者之一,必然要好好鼓励鼓励她,价格低就低吧,就当为孩子们做点贡献吧。

杨红霞立即就同意了,甚至对自己计较蝇头小利而感到羞愧。回去路上,太阳出来了,晴空万里,一派湛蓝。我们的心情都很不错,车里很温暖,还有音乐,车窗上氤氲了热气,将外面一些模糊而隐约的声音隔离开来。

杨红霞一直低头看那幅图,嘴角偶尔扬起。真好啊,陈真,你说是不是?

我皱了皱眉,对眼前这个词语匮乏的女人敷衍着,嗯嗯,不错。

要是多多在这样的幼儿园学习就好了。杨红霞哑巴着嘴说。

我突然想起她打官司的事,便假惺惺地问道:"你那官司怎么样了?"

下个月开庭,应该会赢的。杨红霞转过头,停了会儿又说,不过,上一次败诉了……

哦,能赢就好。我接着她的上半句说。

我跑了几家医院开了健康证明,也从几家银行打印了收入证明——

这几年你都在打官司吗?我心不在焉地问。

杨红霞愣了一下,说,也没有,开始是沟通,实在沟通不好了,才想到打官司,周期太长,等开庭就等很久。杨红霞说她并不想为此上法庭,对孩子也不利。

没什么利不利的，能争取到孩子就行。我将烟头扔出窗户。

嗯。杨红霞点点头，专注地看着外面。突然，她叫起来，你看，陈真，就是这条路，就是这条路——

我被吓了一跳，问她这条路怎么了？

这条路就是通往多多奶奶家的啊。杨红霞屁股抬离了座椅，脸觑在玻璃上。在我们的右前方有一条路，由于雪的覆盖，只能隐隐约约从车轮印看出个大概，细细瘦瘦的，伸向远处。

我几乎没有思考，便将车驶了上去。

6

我们在杨红霞前夫的老家——这么说比较具体——一直等到傍晚，都没有看见那个叫多多的小孩，向邻居打听，说是爷爷奶奶带去走亲戚了，昨天走的，今天这突然的一场雪，大概也不会及时赶回来。

我们便在小院里看看，杨红霞用锹将积雪铲到两侧，形成一道不太宽的路面，她说这雪不铲掉，夜里就会结冰，这老少的，走路不摔跟头才怪。

我则坐在门槛上抽烟，四下看着，前后两进的瓦房都很破，像是从某个贫困山区摄影照片上抠下来的，一道院门——权且叫作院门吧——由几根朽木拼成，稍微用力一推，木头"嗵"地掉下一块。这颓败的场景比较适合钢笔画写生，想到这儿，我给画家打了电话，手机里传来闹哄哄的声音，才知道他和书法家正在南京参加一个扑克牌比赛。

铲完雪了,杨红霞脱掉外套,鼻子红红的,很难想象杨红霞在这个地方完成了她的第一段爱情,并为此产下爱情结晶。杨红霞一直很努力,就是为了摆脱农村贫困生活,谁知为了爱情又回到农村,就在她死心塌地过日子的时候,婚姻出现问题了。我不禁想问,她有没有过爱情?

杨红霞已经开始清扫院门外的路面了,毛衣包裹下的身段竟有窈窕之感,仔细看,杨红霞还是有一点动人之处的。我曾问根子有没有睡过?根子连忙摇头说没有没有,没动过那个念头。那是根子说话最诚恳的一次,在他看来,杨红霞还缺乏某些经验,对一切都怀有美好憧憬。根子问我还记得我们谈论跑步的那次吗,我说男人用两条腿走路,实则是在锻炼第三条腿。杨红霞正好从旁边经过,便一直追问,男人怎么有第三条腿呢?男人的第三条腿在哪儿?

我催杨红霞早点回去,担心天黑了路上会结冰,杨红霞正趴在窗口朝里看,她向我招手,陈真,你快来看看。

屋内很黑,只隐隐约约看见一张老式木床和一个衣橱。这就是我的床了,我和多多在这儿睡了一年,杨红霞说,语气有些激动。

杨红霞说前几年多多的爷爷奶奶是不允许她来看孩子的,每次都把多多藏起来。这几年好一点,同意每月看望一次,但不可以带走,杨红霞便死赖着住一晚,和多多睡在那床上。有次临近春节,前夫带着女人回来了,他们就睡在她和多多的隔壁。

你不难过吗？我故意问道。

不难过，杨红霞说，我脑子里都是想着怎样才能带多多离开。

我们把木门推回原位，一块雪团砸在身上，我使劲地跺跺脚跳上车。车快要驶出村子的时候，杨红霞也不说话了，好像所有的力气刚刚都用完了似的，她木木地看着窗外，不知道哪些景物能够给她安慰。后来她又侧身往车后看去，像是寻找什么。陈真，杨红霞转过来对我说，语气有点乞求，我们能不能在这儿停一停？

下车后杨红霞向一片麦地走去，太阳即将西下，西方染上了一抹绯红，而苍茫的暮色已降临东方，慢慢在整个田野上铺展开来。天空下有一些高耸的水杉，叶子落光了，枝条上堆着雪，显得格外硬朗。

你看，杨红霞指着一棵树说，树上有一只风筝。

我顺着她手指的方向，的确，在接近树顶的地方，一只残破的风筝挂在那儿。

这是我和多多一起做的风筝，多多突然想放风筝，可是哪有风筝呢？于是我们就自己动手做，屋后面有一片竹林，我们砍倒了一棵，劈出竹篾，扎成骨架，再用报纸糊着，还用竹叶做了尾巴，真是好看呢。杨红霞仿佛在自言自语，还以为放不上去呢，没想到哦，风筝竟然飞上去了，飞得很高很高，我和多多一边跑一边叫，真是开心呢。

杨红霞说到这里，忍不住笑起来，恍若又回到那个傍晚。后来，绳子就断了，风筝摇摇欲坠的，多多说我们去追吧，看谁先捉住它。我们在麦田里跑啊，追啊，直到风筝跑到了树上……我们俩在树下看了好一会儿，多多很开心，他说，那就送给大树吧——

我的眼前出现一大一小两个奔跑的身影，在麦田里，在小树林里，追赶着风筝……再是，风筝栖息在了树上，树下是两个张望的脑袋，云朵静止不动，阳光凝聚不流，笑声在广袤的田野上冉冉上升。

7

根子从外地回来带了一点"货"，傍晚时候召集大家商量商量。杨红霞不在，此刻她正在北方的幼儿园画着墙绘呢。根子把门关上，打开灯，我们自觉像打牌那样就位。

是白粉吧？我开玩笑说。

跟白粉一样值钱。根子很神秘。

他从包里掏出一个大纸包，纸包展开又是一纸包，有点故弄玄虚，最后拿出来一沓纪念钞。画家和书法家分别拿起一套研究起来——索契冬奥会纪念钞，收复克里米亚纪念钞，航天纪念钞……画家问根子哪来的？根子桀然一笑，露出断掉的侧切牙说，找人搞的。

根子说他已经把客户群锁定了，就卖给那些手上有点闲钱又没有力气挣钱的老头儿老太们。根子给我们发了一圈烟，瞭着门外继续说，真是天时地利人和，我们身边有多少老头儿老太啊，这不是关键，关键是他们身边缺少年轻人，卖起来方便多了。

可是，他们凭什么会买呢？画家擅于提问。

升值，就说升值空间很大，能升值的就有人买，我们承诺五年后翻几倍，并且回收，当然，五年，谁晓得五年后我们散不散，或者他们在不在呢。根子笑起来。

我基本了解这货的意思了，如果我有点良知的话，应当站出来说，不行。可是，我为什么要去阻止？谁和钱过不去呢？钱主宰了我的生活，有钱的时候我抽中华，没钱的时候就抽六元一包的绿南京，再拮据时，烟缸里的烟屁股也能翻出来再抽一遍，生活的弹性很大。

我们正谈得热火朝天的时候，杨红霞突然给我打电话，问有没有吃晚饭，没有吃的话她带点给我——在生活上我总受到杨红霞无微不至的关怀。我在北京的时候，也得到过部分女性同胞的关怀。那时候我需要养两个女朋友，另一个女朋友又养我，现在我来扬州了，我要对那个曾为我负担生活起居的女友一点点回报，使得我的手头就有点紧了，然而杨红霞又偶尔为我解决点生活开支，这世界大概就是这样，总是处于一种守恒定理之中。

但此时，我竟有了一些羞愧之感，那种享受施舍的美妙感觉顿时消失了。根子，我猛吸了口烟说，这个我感兴趣，我们可以大干一场。

事情比我们想象得还要顺利，先是以茶话会的方式邀请老头儿老太们参加，对于这种免费吃喝的事情老人们很热衷，呼啦啦就将小院坐满了。我再一次发觉画家和书法家的亲和力，他们向老头儿老太们嘘寒问暖，并伴以亲切的问候。再是介绍"扬州天"的成员，都是响当当的文艺名人，我们所做的大都是公益(尽情胡说)，为弘扬扬州文艺做点贡献嘛。最后才说到关于纪念钞的事，限量版的，每人限购一套。这一番话很快得到响应，就连前天在巷口用矿泉水瓶伏击我们的老太都购买了一套。

晚上杨红霞来小院，正好看到这番其乐融融的和谐景象，不禁感到诧异，她将我拉到一边，说，陈真，你不觉得这事有问题吗？

有什么问题，我很不屑，这事你别管，不归你管，你忙你的墙绘去吧。

墙绘有问题了，杨红霞耷拉着脸说，幼儿园领导不满意，说是没画出他们要的效果来，改天还要去返工呢。

哦，是吗？我不咸不淡地问，此刻对墙绘实在提不起兴致，也就六千元的活儿，卖两三套纪念钞就有了。返工就返工吧，说明你绘画功底还不够，就当锻炼锻炼吧。

第二天，小院里又坐满了人，大多数是新的面孔，这些不胫而走的消息跑起来比老太太们的小脚还快，当然，也有几个老面孔，想"再买一套"的，都被婉拒了，这一点，我们还是具有仁慈之心的，买一套也就一两千元，不至于倾家荡产，买多了他们难免不跟子女商量什么的。

杨红霞对出售纪念钞的态度比较激愤，分别找我和根子谈了话，无非是什么"君子爱财，取之有道"，劝告无果，她甚至像二十年前那样给我写起了信，那些曾被她摘抄在笔记本上的名人名言又回赠给了我。杨红霞说，你们再不停止，我就去报警啦——这话说得有点严重了。当然，我们也知道杨红霞不会真的报警，她只会语重心长地劝说，再气急败坏地离开。我们也有意避开她，比如最后几套的销售都是秘密进行的，比如我们的庆功宴也没有邀请杨红霞参加。这种有意疏远也是善意的，让她眼不见为净嘛。

庆功宴之后我便周旋于我的北京女友之间，其中一个竟从京城赶来了，希望继续我们藕断丝连的爱情，而我已无心沉醉爱情，近来事业的成功，使人（尤其是男人）更想摩拳擦掌，但她来了，好歹要尽些地主之谊，带她四处溜达，看看李白杜牧们腰缠十万贯的地方。当然，即便手头宽裕了些，我也不愿多花钱，一掷千金那是傻×才干的事，某些时候还得 AA 制，我仿佛第一次尝到钱的来之不易，愈发吝啬起来。

那段时间我很少遇到杨红霞，销售纪念币的事，杨红霞也应当有分红的，但她坚决不要，非常高风亮节。从根子那儿听说她那官司快要开庭了，还有墙绘的事，据说已返工两次，那个发给我们图片的园方代表说，她希望从墙绘中看到思想和创意。

这就有点难为杨红霞了。

我和女友在宾馆住了半个多月，直到她回北京，我也从宾馆搬回小院。回去的那天，正好下雨，寒劲儿直往骨头里钻，举目四下都是灰色，小巷的旮旯处还有积雪没有融化，黑黑的，坚硬着。这种阴惨惨的天气里，似乎唯有背着双肩包、头发乌漆麻黑、羞涩笑起来露出几颗白灿灿的牙齿、额头偶尔一两颗浅红色痘痘、弓身骑在山地车上或踮脚跃过一个个小水塘的中学生给人一些生动之气吧。

很长一段时间没去小院，竟有恍若隔世之感。小院的门虚掩着，根子、画家、书法家都在，东一个西一个地坐在天井里，完全没有多天前的意气风发。

干吗？三缺一？对我翘首以盼吗？我开玩笑。

三个人都默不作声，一副心事重重的样子。

出什么事了？我问。

一阵沉默后，画家才回答我，是纪念钞的事。

啊，杨红霞报警了？我脑袋飞速运转。

没有，没有，根子站起来说，来，喝点酒，喝点酒就好了。

没有喝酒解决不了的事，我说，人类几千年的物质进步，一杯酒也能达到。

我们轻车熟路地找来酒杯和花生米，坐在寒冷的天井里龇牙咧嘴地喝起来。后来我才知道，杨红霞没有报警，而是在巷子里跑了三天，挨个儿从那些老头儿老太手上以两到三倍的价格回收了纪念钞。

这个疯狂的场景我没看到,是画家和书法家向我进行描述的,他们善于运用成语——挨家挨户地敲门,苦口婆心地劝说,费尽口舌地解释……

没人知道杨红霞花了多少钱。那三天一直在下雨,巷子里到处是积水,根子他们没有出门,坐在小院里竖着耳朵听着——哨子似的风声寂止了,远处传来的人语声一下子归于寂静,他们的耳边仿佛只听见杨红霞大脚疾步踩过水塘的声音。

这事之后,我们和杨红霞的关系变得微妙起来,变得客气和生疏了,也没人再提及纪念钞的事,各自都专心起分内的事情似的。根子要去南京参加一个什么培训了,临走时将金链子摘给我,让我帮他去金店打成一副耳环和一对小手镯,送给他的老婆和女儿;画家和书法家也很少来小院,纷纷闭关,说是要精进技艺;我呢,没有了牌搭子后,也有了大量时间读书和写作了。

8

再次见到杨红霞是在医院的病床上,她从三米多高的脚手架上摔下来,按理说,三米多高并不高,却将她的小腿摔骨折了。我去的时候,她刚做完了骨外穿针固定——这手术我知道,就是不用麻醉将钢筋从脚踝敲进去。我仿佛听到铁锤与钢筋的撞击声里夹杂着撕心裂肺的惨叫,不禁哆嗦出一个寒战来。杨红霞半躺在床上,五官还在扭曲着,右脚被吊在半空,像一个炸药包。

杨红霞只联系了我和她的小妹妹，就是前面提到的杨红杠，她正坐在一团棉被旁边，瘦小得可以忽略不计。坐了一会儿，杨红杠便急着回去接孩子了，说晚一点来换我。

"怎么这么不经摔？"这是我对杨红霞说的第一句话。

杨红霞低着头，好像也正纳闷这问题似的。

"你是不是没系安全带？"我问。

"啊，是的，"杨红霞解释说当时天快黑了，还要返工，心里有点急，也没觉得脚手架有多高……显然她没有听出我是关心还是作为一个主管在责备。

我出去打了瓶热水，又给她的杯子续了些，她连说谢谢。

陈真，杨红霞沉默了会儿说，我知道你在写作，不想打扰你的，可我还是希望你来一下。

没关系的，我也没写作。我说。

杨红霞愣了愣，说怎么不写作呢？在杨红霞看来写作大概是一件随时都可以做的事儿，她来小院常常第一句就问，陈真，你昨天写作了吗？

我正在构思。我只能这么搪塞她。

那就好。杨红霞似乎有点欣慰，隔了会儿，又说，我有两件事情着急和你说，一件是墙绘还要返工，已经第三次了，要是换作以前，遇上这样刁难的甲方我肯定甩手不干了，可你上次说我缺少艺术细胞，需要锻炼锻炼，对我触动很大，最近我正在看清初四画僧的传记，石涛、渐江、髡残、八大山人，我觉得学到很多。

是吗？我说，墙绘返工，焉知祸福，第二件呢？

第二件当然也是好消息，上周开庭了，多多判给我，判决书今天收到了。杨红霞忍不住露出牙齿笑起来，嘴唇上有牙齿印和细细的血丝，她说想请我明天开车带她去接多多。

这怎么行？我指着她的腿说，医生也不会允许你这时候离开的。

杨红霞撇了撇嘴，你不懂的，这七年我几乎没陪他，所以现在我一天都不想等。

明天我去吧，我认识那里。我第一次如此爽快地答应为她做事。

杨红霞向我说了声谢谢，抿着嘴笑了笑，眼睛里瞬间升起一些明亮的东西。

杨红杠来换我的时候，杨红霞正有点发困，见我要走，又强打起精神。陈真，杨红霞喊住我，四僧里你最喜欢石涛吧？

我迟疑了一会儿，点了点头，记得还是很久前在小院喝多了瞎扯淡的，我说喜欢石涛，他那句"搜尽奇峰打草稿"，就非常牛×。

我却喜欢渐江，杨红霞看着我说，他不像八大山人那样，出家后仍然悲愤难抑到几近精神失常；也不像石涛热衷于社会交往；髡残同他倒是有些相似，但髡残感情外向容易冲动，不会掩饰自己；渐江涵养深厚，专心绘画，是个能很好控制自己感情的人。

9

写到这里,我不得不放慢叙述的速度,使自己抽身出来,平复心情,像一个局外人一样看待一个毫不相干的人的故事。我遵循记忆点滴并如实地描述使我陷入一种悲伤之中,仿佛又置身于那个冬天,寒冷从四面八方倾泻而来。

我记得我从医院走出来时,天已经很黑了。巷子里没有路灯,只有一些从窗户透出的昏黄灯光。青石子路散发出幽暗光芒,屋檐下也有条形的亮晶晶的东西,走近看,才发现是冰凌子。

×你娘的冷,我记得自己敲下冰凌子时骂了一句。

第二天上午,我并没有立即出发,而是特意去超市买了只风筝,这个季节不太方便买到那玩意儿,跑了四家超市才找到。我在蜜蜂、蝴蝶、猫头鹰、老鹰的风筝中,选择了老鹰,大概觉得最勇猛彪悍吧。

到达苏北小村庄已经是午后了,不像上次看到的那种静谧和萧条,或许是临近春节了,人多了起来,正急匆匆地向同一个地方跑去,有种节日前的狂欢,或恐慌。

我在多多奶奶家站了一会儿,门开着,屋里没人,大概也去了那个地方。我抽了两支烟,然后四下看着。很显然,他们离开前正在蒸馒头,桌子上有面团,炉膛里木柴还有火星儿,匾子里出锅不久的馒头还散发着微微热气。

又抽了几支烟,顺带品尝了一个馒头后,我也走了出去,向着人流涌动的地方。

那是一条河岸,它将村庄环绕半圈后又向运河逶迤而去。河很长,并不十分宽阔,多日来的严寒,河面已经结了厚厚的冰,冰面上有更小的碎冰块、石子、土坷垃,还有一个冰洞——若是没有这个冰洞的话,这儿真是不错的游乐之地。

是的,或许你们已经猜到了,一切都和那个冰洞有关。

对,我没有接到多多,那个我将要带他离开的小男孩正沉没在冰洞之下。

后来,我也参加到打捞之中,和几个穿着捕鱼衣服的男人一趟趟地走在冰水里,还没被敲碎的冰块总是刺破我的胳膊,使我分不清究竟是寒冷还是疼痛。

晚上我没有离开,第二天继续参与打捞,从四个人增加到七个人,整整三天,我们在冰水里一点点移动,用脚,用木棍,用渔网,试图能碰到什么,我不知道,那个叫多多的小男孩就如此不愿意和我离开吗?

杨红霞往我手机打了几十个电话,发了十几条信息,我没有回复,直到手机自动关机。我离开村庄时依然一无所获,村民们已经决定在次日打坝,再逐次抽干寻人。

我先回了扬州,一路上都在哆嗦,我给自己猛灌下两瓶白酒,都不能驱赶内心的寒冷,一头倒在床上睡了过去。

我想我是不是死了,被磁铁死死吸在床板上一样,梦里到处都是冰洞,冷得我一句话都说不出来。不知道昏睡了几天,醒来一阵恍惚,太阳出来了,一改连日阴霾,角落里的雪依然在,坚硬无比,没有阳光抚慰它们,寒意弥漫,每呼吸一口,都灼痛人的肺腑。我从小院里摇摇晃晃走出来,两腿发软,忽然,我的记忆恢复了似的,立即奔向医院。

杨红霞的病床空荡荡的,东西还在,被子缱绻着,但人不知道去向。我几乎没有多想,开车直奔幼儿园。

到达那儿的时候,正是傍晚,阳光柔和而美好,细细密密的,像雨丝一样落在人们身上。那面被园方称为"灵魂之墙"的下面站了很多人,正如他们说的,四面八方的人经过这里,都会驻足观望。我想,或许哪一天你正好由此经过,相信你也会忍不住伸出脑袋看一看的。

这面墙真的很高,很宽,和天空连在一起,这样便显得此刻的杨红霞像天空中的一只风筝。她穿着我第一次见她时的花衣服,脚下是脚手架——仿佛从她身体里长出来似的,铁锈红的颜色使得那条纱布包裹的腿十分醒目。墙绘快要完成了,杨红霞正在完成最后几笔,并不是我曾看过的那幅图——没有修剪整齐的草坪,更没有装模作样的读书童。而是另一番景象:白云连绵在一起,阳光穿过云霭之间,从蔚蓝色的井一样深邃的空隙直泄下来,水杉林被染成了金色,一只风筝正安静地栖息在高耸的水杉树上,树下有一高一矮两个人影,仰着头看着风筝,而他们脚下,是绿油油的麦田——

截止日

1

晚饭后,何小鱼给陆非打电话,问什么时候到家?电话那头回说,早哩,十二点。何小鱼皱了下眉说,哪儿是早哩,明明是迟哩。陆非说,你说什么就是什么吧,又问打电话来什么事? 等你回来再说吧,何小鱼说,然后两人同时挂了电话。

何小鱼有事要和陆非谈,怕电话里说不清。挂了电话后也睡不着,把心里的事翻来覆去地想。陆非正上夜班,在印刷厂,忙的时候厂里所有人都得去一线装订打包。何小鱼去过一次陆非的单位,车间里的书被牛皮纸包成石头大小,密密匝匝高耸至天花板,可谓"书山"。

何小鱼就是一个写书的,从业余作者到职业作家,自知没什么天赋,勤奋倒是有的。吭哧吭哧笔耕十多年,在四十不惑的年纪居然可以以稿费养家，于是义无反顾辞职，一心一意干起码字的活儿来。

他们俩本是中专同学，毕业后陆非进了印刷厂，工资不高，但有"五险一金"，他很看重这点，好像看见了自己有保障的暮年生活。陆非比较容易满足，安于现状，这么多年连岗位都没什么大的变化。何小鱼就不同了，换了三四家单位后，又和朋友一起单干，前几年抽身出来，开始专职写作。用陆非的话说，挺能折腾的。好在是往好里折腾。

何小鱼和陆非在上学期间毫无交集地度过三年，毕业后，同学们慢慢断了联系，有去外省发展的；有的干脆回老家；待在县里的逐渐只剩他俩，好像茫茫大海里两片小舟漂到了一起。很快，他们恋爱，结婚，生子，和无数婚姻男女一样过着波澜不惊的生活。

学历低是何小鱼的心病，毕业那几年何小鱼报考了成人大专，汉语言文学专业，很顺利地通过。对于学习，她有一股咬牙切齿的狠劲儿。那段时间他俩正在热恋，为了不使差距太大，陆非也报了法律专业，拿到书时吓傻了，厚厚一大堆，硬着头皮啃了一个月终于投降，说自己真不是学习的料。何小鱼也没有强人所难，心想，愿意报名至少说明他还有一点上进心。

一周前何小鱼接到省作协电话，希望她报考省文学院与宁大合作开办的创意写作研究生班，这次对省内作家放宽条件，尤其像何小鱼这样勤恳又热爱写作的人。何小鱼想到自己四十有一的年纪，在电话里笑了，说，开玩笑了吧。电话那头的声音很诚恳,说这是非常难得的机会,因为宁大今年降低了分数线,尤其是英语,明年可就说不准了。对方劝何小鱼,这几年不少作家都考上了,你一定没问题的。这句轻飘飘的鼓励的话在何小鱼内心掀起一阵波澜,但她仍故作矜持地说,我考虑考虑吧。

电话挂断时对方又提醒她,今天 10 月 26 日了,先在网上报名,30 日是报名截止日。

2

陆非是夜里一点回来的,在何小鱼给他打电话后四个钟头到家。何小鱼刚刚睡着,迷迷糊糊中听开门的声音、换鞋的声音、洗漱的声音。何小鱼从声音的音量大小可以判断陆非的心情好坏,音量大代表心情不错。尤其喝了酒回来,动静奇响。

何小鱼被吵醒了,但她不愿这个时候与陆非谈考研的事,以从前的经验,在床上谈事的成功率会高一点,但她不需要成功,她需要真实。

陆非上午休息,往往要睡到临上班才起床。但这天很早就起来了,他从卧室出来时将右手的食指高高竖着,何小鱼正在洗衣服,问手指怎么回事。

陆非说昨晚装货时被叉车挤的,幸好戴着手套,要不然手指就没了。他把食指在何小鱼面前转了一圈,展示它的肿胀和瘀紫。如果单独看很难分辨出这是一根手指,倒像一只刚从地里刨出来的山芋,由于肿胀,皮肤透着紫红色光泽。

何小鱼问要不要紧,快去医院看看吧。

陆非说不要紧,没骨折,是皮外伤,去诊所搽点消肿的药就行了。陆非不打算去医院,程序太复杂,没准要花半天时间,这样他请的半天工伤假就浪费掉了。他举着食指,让何小鱼陪他去一趟诊所。何小鱼便去穿外套,在等待陆非换鞋时,何小鱼突然说,我想跟你说个事。

陆非皱了皱眉,他最害怕何小鱼这句开场白。无非又要谈他的工作,谈未来,这个"谈"中包含着一丝抱怨,他觉得何小鱼对未来过于忧患。所以陆非总是条件反射似的先发问,你想干吗?你又想说什么?你什么意思?一连串的问题会搞得何小鱼心情极糟,两人的谈话常以不欢而散告终。所以这次何小鱼立即向他抛出问题,不给对方连珠炮的发问时间。

我想考研。何小鱼说。

啊,陆非显然没料到这事,脱口而出,为什么啊?

想考吧。何小鱼看着他。

我的意思是你这时候考研干吗呢?陆非眉头皱起来。

今年的政策好,分数线降低。何小鱼将那天电话里听到的内容复述一遍。还没说完,陆非打断她,我是说你这个年纪还考研干吗?

这个年纪就不能考了吗?何小鱼有些激动。

你又不需要升官升职,写作又不需要文凭。

你怎么知道写作不需要文凭,何小鱼压低声音,她说起不久前的一次笔会,二十多个年轻写作者(除何小鱼等个别不算年轻),因为大多人素未谋面,主持人提出每人发言前自我介绍一下。顺时针,何小鱼坐得靠后,等她听完大半圈已十分自惭形秽——博士在读、文学硕士、人类学中文双博士、文学博士……何小鱼并不喜欢拿自己与人比较,再说写作与文凭并没有绝对关系(朋友曾这么安慰她)。但那次笔会对何小鱼触动很大,至少那些顶着高文凭的人自我介绍时比她自信和流畅,她羡慕他们满口专业术语侃侃而谈的状态。当然,这不是何小鱼想考研的主要目的,这多肤浅。她也多次问自己,为什么考研? 也许就是陆非对她的那句总结——想往更好里折腾。

你真挺能折腾的,但有的折腾没必要。陆非有些不满,换好鞋后在地砖上用力跺一脚。

何小鱼单刀直入,那你就是反对了?

我不是这个意思,陆非回击。

那你是什么意思? 何小鱼紧追不舍。

我的意思重要吗? 我叫你不考你会不考吗? 陆非声音高起来,边下楼边说。

这是我自己的事,我不是要征得你同意,再说你也没权利反对。何小鱼跟在后面淡淡回应。

陆非很不高兴地说,那你跟我谈这事干吗?

我是想得到你支持。何小鱼咬着嘴唇。

陆非鼻孔里哼了一声,说,我怎么支持,我总不能替你去考吧。

你——何小鱼气得语塞，尽力抑制住自己的情绪。

我自己去，你回吧。陆非大步流星走出楼栋。

3

得到考研信息的那些天，何小鱼是没心思写作的，总是下意识地打开网站瞅一瞅日期和考研相关的信息。

离截止日还有两天，时间像长了小脚一样向前挪移。网站上不时跳出各类考前辅导或招生广告，她对这一切感到十分陌生，一是这么多年来从没关注过，二是平时看到或听到考研的事都会刻意回避，这大概是自卑心理作祟。其实在与作协老师的电话里说"考虑考虑"的时候，她在心里已经下定了决心，她要报名。从前她最担心的是英语，毕竟丢掉书本若干年，但这次英语分数线降了很多，用那位老师的话说，低到"丧心病狂"。离报名截止日没几天，但离考试大概还有两个月，她打算这两个月里全身心扑上去，英语、政治、写作、文学理论，以她那股狠劲儿，自信一定能够通过，当然，她也必须通过。何小鱼盘算着，三年读研，拿到硕士学位她正好四十四岁，不到四十五岁，还算是青年作家。

她给正在读研的表妹打了电话，向她了解报考情况。她们有很久不联系了，偶尔在节假日时碰到，也只是一两句寒暄。在何小鱼印象里，表妹仍是那个穿开裆裤的孩子，所以这些年表妹脱胎换骨的变化,何小鱼还不太能接受,她们之间很生疏,很客气,也无话可谈。一次何小鱼去姑妈家吃饭,正好表妹在家,姑妈让何小鱼跟表妹谈谈找工作的事,姑妈去厨房做饭,留下她们在客厅。表妹十分内向,问一句,答半句,声音细细的,低着头,聊了几句后两人便各自看起手机来。何小鱼这次给表妹打电话,电话那头的表妹很善谈,这让她十分吃惊,表妹告诉何小鱼怎么买书、如何复习、英语答题的技巧等等,又说起了自己那段时间心里的煎熬——不过,一切都是值得的,表妹说。何小鱼全神贯注地听着,整个人有点飘忽,她难以置信电话那头的人正是一年前和她坐在客厅里说话还吞吞吐吐的表妹,她再次想到那个词语:侃侃而谈。

表妹发来英语(研二)的书本链接,还有很多试题的讲解视频,她让何小鱼先学习起来,至于英语书和政治书就不用买了,她会将自己的寄给何小鱼。她们在电话里又聊了好一会儿,何小鱼被一种说不清楚的情绪感染着,整个心都在激荡澎湃。表妹突然问何小鱼,你报名了没有?何小鱼一愣,说还没有。表妹说快报名吧,还有两天就截止了。

何小鱼立即打开网站,在表格里小心翼翼地填写。不知道是不是因为神圣而万分紧张,她频频出错,缓慢到自己都忍无可忍。手机那边的表妹也忍无可忍,在填写到第二个表格时表妹挂断了电话,她嘱咐何小鱼别这么紧张,填完后提交就 OK。

4

填表之后的何小鱼心情变得复杂,这主要来源于她对考试的那种咬牙切齿的狠劲儿,这种狠劲儿让她对未来无比憧憬,仿佛自己已经获得了硕士学位。这些微妙的虚幻的想象,在她的身体里逐渐转化为一种自信。她开始迫不及待地期待考试,笔试、面试、收到录取通知……这一天里她不由自主地想象着读研的生活,准确地说,她其实无法想象,她所能想到的只是自己中专的校园,灰色、陈腐、颓败,毫无生机,那是一段枯燥又乏味的生活。

她在网上找来宁大的照片,出乎意料的美,林荫道、建筑群、假山、湖水,还有各种她说不出名字的花。校园里洋溢着青春气息,是的,青春,这个词正离她远去。这些年鸡飞狗跳的生活早已将她变得死气沉沉,与人说话开口就是"到了我这年纪……",有一次自己也忍不住笑了——到了我这年纪,究竟到什么年纪了嘛。

她在客厅里踱着步,整个人沉浸在一种生活因她的努力而发生了改变的假想中。她回忆着宁大所在的城市。她去过几次,虽然都是匆匆而过,但对它充满了好感。她知道很多文学活动在那儿,很多她仰慕的作家也生活在那儿,当想到自己也将在那里学习三年,和他们在同一座城市,心里便涌起一种难以名状的幸福。

她绕过茶几，想去厨房给自己倒杯水，突然碰倒了陆非的鱼竿。这是他昨天买的。陆非酷爱钓鱼，工作之余常常风雨无阻地去野外。昨天收到鱼竿时迫不及待抽出来，在客厅里试了试长度。客厅很短，鱼竿很长，简直容不下。因为有一节出了问题，没再收得进去，陆非把它斜倚在墙上，准备尽快调换。

何小鱼将鱼竿扶好，手刚松开，鱼竿又倒下去，它懒洋洋地、极不听话地仰倒在沙发上。那一瞬间，何小鱼突然感到一种厌弃。

她对陆非的安于现状是颇有微词的，他不爱学习，尤其不爱读书。陆非说自己最讨厌的就是书了，要不是何小鱼后来也写书，他对书真是一点好感都没有。陆非所在的印刷厂常年印刷一些畅销书、教材或绘本，陆非会向主任要一两本带回来，大多是一些何小鱼永远都不会买的艰涩的专业书。有一次带回一本《术后临床护理实践指南》，何小鱼居然囫囵吞枣地看完了。细想一下，这是他们之间关于书的唯一一次交集。

很多年前，何小鱼听一个写作的朋友说到和自己的另一半交流文学时，何小鱼很羡慕，心里也隐隐有些难过，但很快便安慰自己，两个人的共同语言不一定非得是诗词歌赋，也可以是柴米油盐嘛。这句话咬牙切齿地陪她度过了许多岁月。的确，他们交流并不多，除了生活上必要的事情需要商量，或者偶尔回忆一下他们共同度过的几年中专生涯。他们谈过去的同学，全班共 32 人，翻来覆去就那点屁事。最近这些年两人很少说话，她全身心投入写作，陆非把剩余的精力都花在钓鱼上。他总能钓到鱼,小的,或者大一点的,能钓到什么种类的鱼,他根本不去预测,也无法预测。可以预测的是他总能熬到退休,那真是美好的日子啊,他不止一次地感慨——不用工作,更不用三班倒了,退休金恰巧可以维持生活。何小鱼觉得陆非的未来似乎与自己的未来不在同一时空,何小鱼不停往前走,而那个曾说好与自己同舟共济的人却在野外钓鱼。

何小鱼去拖地,不巧将拖把甩到鱼钩上,她尖叫一声,不知道为什么,务实的拖把与务虚的鱼钩这两个物件碰到一起时,竟有了挑衅的意思。她赶紧将鱼钩拽出来,但越心急越难理出,鱼钩像是故意刁难,死死咬住布条;布条率领着从地板清理而来的几缕头发缠住鱼钩,死也不松口。何小鱼越用力越失望,最后找来剪刀,气急败坏将布条和渔线一同剪断。

何小鱼并没料到一根渔线会引发两人的争吵。陆非是第二天早晨发现渔线断了,陆非说这是一根进口渔线,抗卷曲,速切水,虽然不过二十多块钱,但重要的是他现在去钓鱼就没有渔线了。陆非认为是何小鱼故意为之,因为早就感到何小鱼反对他钓鱼了。何小鱼也懒得解释,索性承认的确是故意的。这引发了陆非的勃然大怒。陆非一边收鱼竿,一边把渔线胡乱地扯着,鱼竿碰倒茶几上的杯子,在地上碎成一片。何小鱼发觉陆非这些年别的没什么长进,脾气倒是长了不少。陆非带着渔具摔门离开后,何小鱼在沙发上坐了好一会儿,浑身一点力气都没有,她发觉自己越来越厌烦现在的生活,恨不得立即飞走。她很庆幸考研这件事的突然降临,这一定是老天在她婚姻里的刻意安排。

5

陆非钓鱼回来时,何小鱼不在家。等何小鱼回来陆非已经上班去了,水池里几条鱼在静静游弋,一副待宰而不知的样子。陆非给何小鱼发信息叮嘱她别收拾鱼,他来,他今天下班早。何小鱼还在气头上,但陆非已经啥事没有了。这也是他的优点,生气不过夜。过会儿陆非又发信息来,问何小鱼是要红烧还是炖汤。

整个下午何小鱼也没写出几个字,趴在电脑桌上睡了很久,好像这些天经历了许多事情,整个人疲惫不堪。她做了很多梦,有一个梦是自己在宁大读书,太阳特别好,透过树叶在地上筛出很多光斑,她穿着裙子,背着包,踩着光斑一蹦一跳地向前走。梦里的她很瘦,比现在还瘦,风从前襟灌进去,将衣服撑起来,显得身体十分单薄。她还在想自己为什么要这样走路,腿却不由自主地抬起来。突然,何小鱼看见陆非,从远处走来,他的头发卷卷的,十分茂密,陆非穿着白衬衫、牛仔裤,有种意气风发的感觉。何小鱼喊他,陆非,陆非。陆非并不看她,仿佛不认识。何小鱼走过去,拍了他肩膀,后者很惊讶地看着何小鱼问,怎么了同学?我们认识吗?

何小鱼醒了,坐在沙发上回忆刚才的梦。太阳偏西了,才懒洋洋站起来。

晚饭是陆非做的，的确花了心思，五条鱼做出三道菜，一条清蒸，另四条分别红烧和炖汤，陆非不爱吃鱼，爱钓鱼，他曾说何小鱼爱吃鱼，名字里又有"鱼"字，而他爱钓鱼，会做鱼，这算不算一种缘分呢。何小鱼不觉得陆非说这话有讨好的意思，他没那情商，或许只是为自己钓鱼找个冠冕堂皇的理由罢了。吃完饭陆非主动去洗碗，因为他发现由他钓来并烹饪的几盘鱼被消灭干净，陆非唱着歌，脑袋跟着歌声轻轻摇晃，看得出来他很开心，他常常沉浸在这种微不足道的满足里。

陆非说自己是家中文化程度最低的，地位也是最低的。女儿已经读高中，叛逆，爱和陆非顶嘴。陆非也只是憨笑，不生气，说自己读书少，没本事啰。

她看着他的背影，瘦削，由于常年弯腰装订打包，后背明显驼了。他的手指关节粗壮，指甲由于长期磨损而变得扁平。当然，这个时候的他们还不知道几天以后这根食指因受伤而指甲脱落。他好像过早地进入衰老状态，何小鱼却从没听他感慨或抱怨过时间飞逝。对于陆非来说，他似乎甘愿将自己的时间交出去，尽快到达那段他期盼已久的退休生活。何小鱼有时想，陆非这样的人也许是对的，人生一世，怎样过不都是过呢。

陆非去刷牙，洗澡，仍然哼着歌。他在她身边躺下，何小鱼闻到陆非身上一股淡淡的纸浆味道。真是奇怪，何小鱼想，整天泡在书堆里难道不该是油墨香吗？但又突然很难过，陆非并不知道她填表报名的事，更不知道躺在他身边的女人很快就要考试，然后开始新的生活。她渴望更广阔的世界，她拼命努力，希望自己愈发优秀,这样才能与更优秀的生活相遇。她不知道新的生活里会不会有陆非,她憧憬的未来似乎没有他的影子。她也曾经无数次下定决心与现在的生活一刀两断。但又觉得自己缺少力量,就是那种能将她从如今平淡琐碎甚至乏味的生活里拎出来的力量。

陆非翻了个身,从后面抱住她,她没拒绝,反而迎了上去。她没有像以往那样心不在焉或不耐烦,而是变得主动。黑暗里,她像一头小野牛横冲直撞,何小鱼也说不上自己为什么如此表现,这么卖力。她感到脸上凉凉的,好像有什么东西从下巴慢慢滑到脖颈。

6

次日是周末,何小鱼和孩子回娘家。陆非加班,不能一同前往,当然,即使不加班,陆非也很少同她娘儿俩回去:一是他认为女婿得跟老丈人保持一定的生疏才好;二是要把有限的业余时光用在无限的钓鱼事业之中。

娘家离得并不远,开车一个钟头。十月的天气,阳光正好。何小鱼帮母亲挖地,她喜欢隔些时候就回来干些农活儿。一层层的新土被翻上来,混杂着褐色和新绿的颜色,母亲跟在后面点豆子,再将土块压碎,拍平。何小鱼小时候几乎不下地干活儿,一下地就被父母训斥回去,他们希望她的时间花在读书上。而现在何小鱼干农活儿,意义就不一样了,他们看着何小鱼笨拙地翻地,笑得很开心,因为知道何小鱼并不以此为生,而是偶尔地体验生活。

女儿坐在田边看书,何小鱼和母亲一边干活儿一边有一搭没一搭地聊天,她们的话题无非是何小鱼现在的生活和何小鱼小时候的趣事。

你对陆非满意吗?何小鱼突然换了话题。

母亲正在拔草,手支棱半天,狐疑地问道,你们又吵架了?

何小鱼笑,你怎么这么紧张,我们没吵架,就是问问。

母亲说,有什么满意不满意的,你满意就好。又觉得自己表达得不到位,补充说,好与不好,都是缘分。

何小鱼不再说话,脑子里想着"缘分"这个词的意思,谈不上是好还是坏,好的缘分是缘分,不好的缘分也是缘分。她也曾很多次问自己,对陆非满意吗?

真不好回答。她在心里想。

如果问陆非,对何小鱼满意吗?恐怕也是这样的答案。也许这就是婚姻,将两人起初斩钉截铁的誓言逐渐变得闪烁其词。

从老家回去的路上,何小鱼接到陆非电话,问她到哪儿了,能不能接一下他,他的车坏了。

何小鱼到达印刷厂时天开始下雨,陆非大概等了一会儿了,身上有些湿,上车后就开始抱怨天气,说下就下,突然就降温了。陆非对天气的关注主要是因为天气影响钓鱼。

玻璃上很快就氤氲起水汽。车内很暖和,让人昏昏欲睡,女儿在后座椅上睡着了,陆非低头看手机。外面的车灯一闪而过,像一道追光打在陆非脸上,何小鱼用余光瞟一眼陆非,那张脸像是抹了一层银色,很陌生。何小鱼突然万千感慨,这个与自己距离最近的男人似乎正隔着千山万水。

到家后收拾完,时间已经不早了。接近十二点时,何小鱼才躺到床上,她看了看表,突然意识到这个日期和时间的特殊——截止日,是的,再过几分钟报名就截止了。仿佛这是一道分水岭,她的人生将从此划分。时钟的分针,正拖拽着尾巴一点一点向那个奇妙又神圣的时刻挪去。

她躺下来,深深吐了口气,浑身散了架一样。她侧卧着,将床头灯调至微弱光线,翻开一本书。这时,表妹的信息来了,她问何小鱼的收件地址,她要将自己的考研资料尽快寄来。回复完,表妹又问何小鱼的考点在哪儿,准考证收到了吧? 她开玩笑说,120 元(报名费),就能改变你的后半生。

何小鱼愣住了,不知道表妹的意思。准考证? 考点? 回执? 报名费? 她急切地问道。

7

陆非没有去诊所,在楼下抽了几根烟就上来了。他将食指竖着,受伤的指头比先前看到时颜色又深一层,像一支旗杆在何小鱼眼前晃来晃去。

你没去诊所? 何小鱼问。

没去,不想去了。陆非掐灭烟头,何小鱼将陆非的这类回答都看作是孩子气。陆非的确比何小鱼小几个月,这几个月差距常使何小鱼有种姐姐或母亲的错觉。陆非又问,你确定考研了吗?

何小鱼没说话,好半天才回答,还没,就是想听听你的意见。

陆非看了眼何小鱼。何小鱼补充道,这次我听你的,你如果不希望我去,我就不去。

我也不是不希望你考研。陆非掏出一支烟,眯着眼睛点燃。人有上进心也不是坏事,我只是担心……

何小鱼注视着他的嘴,她很想知道他担心什么,担心差距越来越大?担心两人越来越没共同语言?担心她去宁大会认识更优秀的人?担心婚姻出现危机……

我担心孩子,陆非说道。何小鱼显然没料到陆非这么回答。我担心你去上学了孩子怎么办,如果小一点,或者再大一点,都还好,可现在她正叛逆期,特别难管,这你不是不知道。陆非说起不久前孩子在学校的事,上课偷偷玩手机、和同学打架、旷课……他说你还能管管她,而我呢,她压根儿就不把我放眼里。你不在家,我真怕她搞出什么事来……

何小鱼听陆非看似平静却有些激动地说着,没有打断他,也不打算去反驳,孩子也许是陆非最后一张盾牌了。何小鱼知道自己一旦决定做什么事,一定会义无反顾。但这次,似乎老天跟她开了个玩笑。

她问陆非手指的事,得尽快去处理一下。

他们的目光都落在那根指头上,它那么奇怪、另类、丑陋,与其他四个指头极不协调,仿佛它不是手指,而是别的什么。由于肿胀,皮肤被撑得紧绷,透明,里面似乎不是肉和骨头,而是紫色的汁液。早晨的阳光带着一分诡异,在这根食指上涂抹出一层高光。

过几天指甲也许会脱落的,陆非说。他站在阳台上,将指头放在阳光下看。陆非说夜里很疼,十指连心嘛,指甲掉了就不疼了。

指甲还会长出来的。何小鱼安慰他,但突然感到十分沮丧,指甲如同婚姻,指甲原本是保护手指的,此刻却变成了疼痛的中心。她也在疼。她想到前天晚上,也就是 10 月 30 日,截止日那晚,她在和表妹的信息中才得知自己没报上名——她居然忘记了提交。她知道过了今年,她再也不会去考研。当时整个人像被什么猛击了一下,脑袋蒙了。剧烈的疼痛。她的电脑尚未完成开机,时钟已跨过了 12 点。

陆非去换衣服,说厂里赶货,打电话叫他去加班。何小鱼问手指这样还能干活儿吗?

没事,一只手就够了。陆非说。

何小鱼叫住陆非,想告诉他自己没报上名的事,但还是忍住了,说,关于考研的事,这次由你决定,你的意见很重要。

陆非正在换鞋,一只脚悬在半空,咬了咬嘴唇说,让我想一想吧,等我下班告诉你。

什么时候下班?何小鱼扶着门框问。

今天夜班,陆非皱了皱眉说,下班后,就是明天了。

河水汤汤

1

河水流到父亲这儿的时候,就变得温和了。用父亲的话说,没有了脾气。水面上闪着细碎的波纹,白亮亮的。它在晒着肚皮呢。父亲总是这样说,父亲所说的"它"就是这条通天河。

这是一段父亲饲养的河流。

请不要怀疑"饲养"这个词的真实成分,如果那些年你恰好经过这儿,一定听说过关于我父亲的故事。父亲一生的智慧都和这条河有关。这么说似乎显得我的父亲如一个得道高人,其实,他只是一个摆渡的,祖祖辈辈都是,那支被手磨出凹形的桨传到父亲手上时,连他自己都不知道经历了多少代了。父亲少言寡语,唯一使他乐意开口的就是向我讲述他祖上的事情,那些经过一代代口耳相传,被添油加醋已变得面目全非的往事和桨一道流传了下来,像两个符号一样风干在我家的土坯墙上。

父亲有自己做的桨,樟木的,柄部与桨叶由整段木料制成,桨叶呈扁平的柳叶状,自上而下逐渐减薄。除此之外,父亲还用槐木做过桨,还有杨木、榆木,有一次,父亲用泡桐木做了两支桨,如你所知,泡桐木轻,材质疏松,下水没几次就变形了,真像打了卷儿的柳叶了。后来那两支桨被插在我家外墙的土缝里,从远处看,还以为是房子长出的翅膀呢。

父亲是在船上出生的,大概还在娘肚子里的时候就习惯这摇荡了吧,从羊水晃悠的子宫来到微波起伏的河面,河水托着小船,小船托着父亲,那个我未曾亲历的傍晚,一个孩子第一次睁开眼睛惊奇地看着河水倒映在天空上,世界如同一面镜子,他从云彩里看见水波在荡漾,河水、天空、眼睛里,都有了水波的起伏。据说父亲的第一声啼哭中掺杂着笑声,如果仔细分辨,还能听出笑声里河水般的波动,那个小小的身躯多么习惯并喜欢这种节奏啊。父亲说世界上每一个事物都有它自己的节奏。我对此深信不疑,父亲的节奏就是通天河里水浪的节奏。

父亲的船憩在岸边,或者漂浮在河中央,过河的人喊上一嗓子,声音贴着水面颤悠悠地过来了,父亲转过身,拾起桨向岸上划去。没人过河时,父亲就把桨收到船上,常泡在水里的缘故,桨两端颜色分明,像卷着裤脚的腿——两支桨交叉着,依在船舷上,和我的父亲一样沉默。

父亲从没有离开这条河,即便是二〇〇四年的冬至之后,我仍然相信父亲还在通天河上。二〇〇四年,我似乎已长大成人,有一双父亲那样的大脚和一副不太宽阔的肩膀。我常常站在通天桥上看下面的河床,桥面很高很高,这样便有了一种俯视的味道,视线仿佛穿过层层浓雾抵达了从前。

我的记忆像棉花糖一样松散、空洞,无法拼凑出一个完整坚固的父亲的形象。在我出生之后,父亲整日将我带在身边,教我走路,教我认字。我人生中跨出的第一步就是在父亲的船上,学会的汉字最初都和水有关,河流、波涛、水浪——我能记住的只有这些,那时的记忆力还不足以让我记住很多。

第二年的春天,我已能蹒跚地跟在父亲身后了,从惊蛰到谷雨,几乎每个早晨都会沿着堤岸走一遍,我们的走路姿势出奇相似。父亲手里拿着铁锹,是的,铁锹,而不是桨,像一个农民一样,准确地说,像一个修路工人,他要将松垮的泥土像螺丝帽一样地拧紧在堤岸上。

饲养一段河流最好的方法就是照顾好河岸,岸怎么修,水就怎么流。参差不齐的堤岸,河水拍岸的声音都是急躁的。有一次我们发现堤岸上有一个豁子,河水正想从那儿溜走呢。父亲找来蛇皮袋,把泥土装进去,泥土便有了形状,压肩叠背地把河水管得妥妥帖帖。父亲说那些溜走的河流,最终都把自己弄丢了,他亲眼看见一条三米宽的河,在树林中被蕨类植物吃掉,还有一次看见一截河流被水泥路咬断了。父亲小心翼翼地照料着河岸,生怕弄丢了一滴水。他在水边竖根杆子,杆子上系着绳子以标注水位,过些日子再来看,水位下去了很多,绳子在空中兀自飘扬。父亲很惆怅,坐在石头上望着河水发呆。那些日子父亲变得愈发沉默,他扛着铁锹走在河岸上,铲铲、拍拍、敲敲,从东边走到西边,又从西边走到东边,直到河岸和河水都被驯服了。到了小满,我们看见做标记的绳子能够漂浮在水面上了。父亲掬起一捧水有些得意地说,你看,它们又跑回来了。再过一些时候,河水继续上涨,绳子淹没在水中,河面宽阔了很多,父亲更加开心,他坐在石头上,脸上溢出水光。这个时候父亲会向我讲述过去的事,语气里带着一种含混不清的情绪,父亲说从前的通天河比现在宽多了,从南岸划船到北岸需要半个钟头,当然,这是父亲童年时的通天河。现在呢,从南岸划到北岸只需十来分钟,父亲清晰地记得他的桨在水中只做了 37 次翻转运动,如果河面宽阔的话,需要 56 次。只有在某一年的冬天特别少,父亲的桨只要划动 19 下,船就靠岸了。父亲为此十分沮丧。

船在水里走,为什么鱼没有被轧死?

我总是向父亲提出愚蠢的问题。那一年的夏天我和父亲大多数时间都是在水里度过的。父亲的榆木桨托着我的身子,而父亲总是在我的注视下突然钻向河底,又在我着急得大哭时从很远的地方冒出来。

河底下有什么? 我急切地问。

什么都有。父亲说。

那……有马吗?

有。

有滑滑梯吗?

有。

有汽车吗?

有。

有妈妈吗?

当然有。

是的,我的母亲在通天河里。

生活在河流附近的人常常以这样的方式结束自己的一生,好像在经历了诸多痛苦后只有河流可以接纳他们,收留他们。母亲在一个清晨乘坐父亲的船从北岸到南岸,那趟船上只有母亲和她手中襁褓里的我。河面上雾很大,好像永远划不到岸,当然,父亲多么希望这样啊,他对眼前这个眉清目秀的女子颇有好感,她是哪里人?将要去哪里?为何又愁眉不展?生性内向的父亲终究没有开口说话,他用余光瞟着母亲,清晨的雾气在她的发梢上凝成水珠,显得更加动人。父亲时不时地看着襁褓里的孩子,那时他还不知道他将要和我成为父子。河面上有时会出现一两对野鸭,有时又会掠过一只飞鸟,母亲朝着它们看去,水波逐渐向远处扩散。父亲不紧不慢地划着,好像不着急过河,又好像通天河宽得划不到头似的。

母亲下船时看了父亲一眼,这一眼很重要。父亲的敦厚让她放心把孩子托付于他,当父亲发现我时,母亲已经将自己投进了通天河。父亲在河岸上傻坐了几天,水波细细碎碎的,密而不语。他搂紧我,知道这是母亲对他的信任。

从北岸到南岸的长度,成为我们三个人共度的唯一短暂时光。

我坚信我的母亲就在通天河河底,要不父亲总喜欢钻到水里去呢。父亲向我描述的河底仿佛是另一个世界,它有着和这个世界相同的事物,但却是神奇、亲切的。每次我哭闹着要母亲时,父亲便指着通天河。有一次我闹得厉害,父亲急了,一头扎进河里。

我也好想看一看水下的世界,有一次我离开桨翻身下水,在我快要到达河底时,一双大手就把我捞上来了——我差点被水呛死。我终究没有看到河底,即使后来我又长大了一岁,即使学会了更多的汉字,我仍然无法描述出父亲所说的河底世界。父亲从水里冒出来的时候,脸上的笑容是透明的,水洗过一样。我相信我的父亲,相信通天河底有马在奔腾,有蓝色的滑滑梯,还有我的母亲。

我们跳上船,躺在甲板上,太阳慢慢西斜,无山可落时,太阳就落地平线,就落水。太阳落水像父亲潜入水中一样,猛地就不见了,水面上只留下金灿灿的光芒。

父亲将船划到岸边,捡起缆绳向空中虚晃一下,便算是定了锚。船很听话,从不会跑远。只有一次,刚溜了两桨远,就被冰给锁住了,那天很冷,父亲花了很长时间才将它解救出来。

严冬到来后,父亲偶尔还会潜水,这时我已不需要桨了,父亲在我鞋底粘两个冰块,我就能顺着冰面滑出很远。冰下的父亲像鱼一样,身边簇拥着鱼群。他也像鱼那样吐着水泡,皮肤仿佛有着莹亮鳞片。我们从南岸向北岸出发,几乎同一时间到达。我匍匐着，与水里的父亲一冰之隔。有一阵，我把嘴贴在冰上，大声地喊他，但父亲听不见，他脸上是透明的笑容，光影如同鳞片在他身上四处蔓延。这个场景，让我既兴奋又害怕，好像某种不祥的事情正在悄悄降临。

2

漫长的黑夜之后，河岸醒来了，带着慵懒气息，温驯、平和，还有点桀骜不驯的样子。河岸上的巴泥草蹿出几寸，结实地交织在一起。父亲光脚走在上面——是的，光脚，除了冬天，其他的季节他都是光着脚丫，好像要随时下河似的——父亲走路的姿势越来越奇怪，河边挑水或洗衣的人总是会停下手里的活儿，扭过头看——他们还不太习惯那个走在地上的父亲呢。的确，父亲走起路来很别扭，两只脚分得很开，随时要寻找某种平衡似的。有时，走着走着，他会突然停下来，身体轻轻地左右摇晃，这个时候，父亲脚下的土地恍惚变得明亮起来，浩渺无边，闪着银白的波光。好一会儿，父亲才继续向前，他抬起一只脚，在半空悬置片刻，再猛地跨出一大步，像是从船舷跳到了岸上。当然，最让人奇怪的并不是这些，而是父亲总是将他的桨扛在肩上，跟那些扛着铁锹或锄头去地里干活儿的农民一样，我不知道父亲为什么和他的桨形影不离，即使他不带在身边，也没人会打它们主意的。

那天，在河边洗衣和挑水的人并没有看父亲走路，而是将目光投向了更远的地方,大雾将人融化成一个个小黑点,他们看见了很多小黑点,像毛玻璃上蠕动的小虫。

那是一支桥梁建筑队。和建筑队一同到达的还有几辆装载着各种机具的卡车,车轮在村道上轧出很深的车辙辘印,像铁轨一样伸向通天河。村里的人沿着轨道拥向了河岸,摸惯了牛背和犁头的大手,落在从卡车卸下的机具上,或许他们一辈子都搞不明白,这些机具与桥梁之间的关系。没有木头,怎么造桥呢?我又提出愚蠢的问题了。当然,我的父亲也不知道答案,他还没见过那么大的桥呢。

这是一九九六年,在通天河的历史上应该记下这个年份。

之后的日子,父亲常常一边划船一边注视着不远处的工地。河底打入了深层桩,混凝土桥墩像是从河底长出来的,一天天粗壮,一天天变高。父亲感受着河水震颤,有时干脆把小船划过去,围着桥墩看一圈,那些裸露出来的钢筋和流淌着的混凝土,让他深感不安。他把船靠向岸边,从堆满脚手架和模板的缝隙里爬上去。这里的天是灰的,地上的沙都跑到天上去了,起风的时候睁不开眼,人定定地立着,等风跑远。灰落下来便换了地方,落在人头上、眼窝里、鼻孔里,衣服上早就是灰乎乎的了。几个建筑工人用独轮车运送砂浆,身子比独轮车高不了多少。等待出浆的时候,他们就坐在一堆碎石前用石头刮鞋底——混凝土黏住了鞋,再不刮掉,就要变成鞋帮子了。他们并不说话,倒不是一张口会吃进沙子,而是搅拌机、打桩机实在太吵了。工地上有的是各种响声。

有一处,河岸被挖开了,土坍塌了很大一片,河水窝在那儿无法离开。河岸上流淌着混凝土,一些多余的没有及时清理掉的很快就凝固,像结成的痂糊在地上。

嘈杂声和风沙使人睁不开眼睛,透过微闭的眼帘,父亲看到的一切都是灰色,其他的色彩早已挣脱逃离。父亲立在沙堆前,双手抱着他的榆木桨,唇齿又苦又涩,眼睛嵌在深纹密皱之中。他从灰色里退回来,一直退回到他的河岸。父亲变得更加沉默了,他一动不动地坐在船舷上。

桥一天天长大,像横卧在通天河上的巨兽,相形之下,父亲和他的小船如同一只小甲虫。桥筑好了,过河的人不再需要来到渡口了,他们从桥上经过,下意识地扭头看桥下,人们多么喜欢这样啊——站在高处,朝渡口俯视。

施工队离开后,父亲变得忙碌了,每天要花很多的时间去修整河岸,那个坍塌的地方,像一道伤口,露出最虚弱最不堪一击的一面,河水在此处变得混浊不清,一副心事重重的样子。父亲用铁锨将虚土铲去,露出大片的浅绿褐色,细细的纹路纵横交错,犹如血管分布其间。父亲从大堤上运来了土,是更深一点的绿褐色,两种土如何紧密交融,父亲是花了心思的。一层层填实、夯平,直到土层上面渗出细密的水来,如同吐露出的秘密。父亲再用巴泥草覆盖在土上,期待生根抽芽,形成星罗棋布的网状。

做完这些,父亲并不着急回去,而是对着桥墩发呆——他对其极不放心。父亲沿着两岸来回看着,最后还是将小船划向了桥墩。日光从天空铺天盖地泻下来，在桥下形成浓厚的阴影，桥下的水，冰冷而坚硬，阴郁又急迫地从桥孔间流过。父亲注视着桥墩，像巨兽陷入河底的腿，水在这儿形成很多个漩涡，发出呼呼的声音。父亲把挂在桥墩上的水草清理掉，站起来，身子向桥墩靠拢，耳朵贴上去。谁也不知道父亲在倾听什么，仿佛真的听见什么了——这一动作会持续很久，他的神情更加忧郁，脸上的肌肉慢慢下耷，眼角和嘴角都呈下坠之势。

天光像被蒙了牛皮纸，黄昏来了。离开桥墩，父亲就不划船了，他把桨收上来，和自己一同躺在船舷上。只有一次，父亲突然跳进水里，像从前那样扎了个很深的猛子，顺着桥墩一直摸索到河床。半晌，水面逐渐平静了，父亲才钻出来，费力地爬上小船。

3

这一年春天雾多，日子模模糊糊向前走。早晨的烟霭和薄雾还没完全散去，焦糖色的黄昏便急匆匆地到来，过河的人从桥上经过，鞋和自行车发出疾驰的声音，如果在桥下听，这声音还会被放大，像从脖颈碾过一样。我也喜欢从桥上走，扯开双腿跨出最大的步子。从桥南到桥北只需要四十六步就到了，我一边奔跑一边瞟向父亲——他并不知道我正跟他比赛呢。当然，结果可想而知，他总是被我甩得远远的。我趴在桥栏杆上，朝父亲的小船看去。也不知道什么时候，我也喜欢进行这样的俯视。居高临下,对,那时我刚学会了这个成语。和我一同趴在桥栏杆上的还有其他小孩,附近村里的,我们一字排开,踮着脚看船上的父亲。不知道先是谁向空中吐了唾沫,白色的带着飞沫的口水飞速下坠。有人不甘示弱,也用力吐出,白色的点在半空划出一道抛物线。紧接着,又有一口唾沫飞下去。参与的人越来越多,都使劲抻着脖子,让唾沫飞得更远一点,向小船更靠近一点。这几乎是我们每天必玩的游戏,直到嘴里再吐不出半点唾沫星子。飞舞的唾沫纷纷坠向水面, 像混浊的雨点,我从这雨帘里看着父亲,心中愤懑。

来摆渡的人少之又少,只有一些想少走点路的人才从这儿经过。但这并没影响父亲的热情,有那么一段时间,他的这种专注和热情似乎到达了极致,他居然爱上了做桨。这起源于一棵被河水冲倒的桦树,父亲将树拖回来,削去枝杈,先在水里浸泡了一些日子,又在太阳下晾晒了很久,像是对它进行考验似的。父亲保留了树皮,那些眼睛一样的花纹布满桨身。父亲对这副桨到了爱不释手的地步,时刻不离左右,他和桨一同漂荡在通天河上的时光变得炯炯有神起来,若干双眼睛目不转睛地注视着河流与天空,很难分清哪一双是父亲的。

再后来,父亲又做了很多桨,都是利用一些不好好生长的树。现在它们都整齐地挂在小屋的墙上,像无数只腿,父亲每天出门前总要来回挑选一阵,有点阅兵的味道。父亲很享受这个过程。

然而,一天傍晚,父亲发现桨不见了,那个如万马奔腾的墙面空空荡荡。父亲迟疑了一下，但很快就发现了桨的踪迹，父亲从草丛里、桥洞下，一一把它们找了回来。

次日早晨，小船也不见了，河面变得极其安静。父亲沿着河岸向东走了一里路，并没有发现小船。他返回渡口，坐在小船原来停靠的码头上，神情黯然。他的目光打量拴锚的铁桩，好像要从中找到答案似的，他猜不透昨夜发生了什么，河水、小船、锚、铁桩，仿佛进行了一场合谋。中午时分，父亲又向东去了，他不甘心，这一次走了更远，直到天黑了父亲才划着小船回来了。是的，船已经顺流而下，跑了很远了。父亲从船上跳下来，疲惫又兴奋。水波拍打着河岸和船舷的声音又传进我的耳里了，熟悉到令人厌恶。我捂上耳朵，躲在窗口看父亲的一举一动。当然，我不会承认船是被我放走的。

很少再有人来河边洗衣淘米了。父亲心事重重，他不知道是不是桥把人与河水的距离拉开了，还是人们不再习惯亲近河水了，总之，他很久没有听到水码头上河水一样的欢笑声了。

是的，水码头——父亲更习惯称作水板凳——用木板或者石头铺就而成，村里的人从前都在水板凳上淘洗一年四季的食物和衣裳，世世代代如此。现在水板凳上居然长出了青苔，还有一处倒塌在水里。父亲用锹将青苔清理掉，又将活动的石头压紧，人走上去就稳稳当当了。从水板凳上回来，父亲并没有回到小船上，而是去了村里，他先去了一个叫王彩凤的人家，站在她家贴着"日月千秋照，江河万古流"对联的门前。这个叫王彩凤的女人最爱去河边洗鞋了，她的嗓门儿总是很大，笑声水珠儿似的叮叮当当落在河面上。父亲的突然出现把她吓了一跳，她皱了皱眉问什么事呢？父亲支支吾吾，直到离开都没说出一句话。父亲又去了王国柱家，他看见王国柱挑水的桶正躲在旮旯里呢。父亲转身离开，接着，他又去敲了敲另外的几扇门，虚掩的院门内阒静无声，只有狗从里面迎了出来——它们的主人还没从桥那头回来哩。父亲默默地往回走，头垂到胸口，嘴里一遍遍念着那副对联，像是和谁在怄气似的。

这一年秋天，通天河发了一次大水，之前并没有征兆，只是雨水连绵，河面宽阔了很多，河水很急，走得跌跌撞撞——一条河任性了，它会上山，会逃走——河水爬上了河岸，一直奔进村里，把鸡窝和茅棚都冲走了，据说一个草垛被河水带出去很远，打着旋儿跑了一里路。

玉米地、棉花地、豆角地里都汪满了水，水渗不下去，也排泄不了，地像被涨开了，踩在哪里都是松松软软的。水退了后，村庄一片狼藉，泥土的颜色也深了一层。

这是通天河最浪荡不羁的一年，河水常常潜伏在河岸，伺机出逃，父亲将河岸又加高一尺，像个虚胖的人，整个冬天父亲都在河岸上奔忙，直到第二年开春，河水的情绪才稳定下来，像闹够的孩子疲沓了。秋天时，渡口来了几个年轻的男孩女孩，他们是从城里过来的，经过通天桥时看到了摆渡船，很稀奇，便像一群麻雀似的叽叽喳喳飞下来。

他们要摆渡。

男孩女孩们麻雀似的跳上船，船一离开河岸，"麻雀们"就兴奋得尖叫，一个女孩跟跟跄跄从船尾去向船头，一个男孩向父亲提出要自己划桨，他对这种看似简单的运动正摩拳擦掌呢。男孩接过父亲的桨，费力地摇起来，船却原地不动，他转过身，把所有力气都用在对付其中一支桨上，结果，船在原地旋转，这又引起女孩儿们的一阵嘲弄和尖叫，他们前俯后仰，夸张地笑着，差点掉进河里。过了河心，小船才稳当起来。河面好宽哦，好像划也划不到岸似的，女孩感叹着。所有的河流都流向大海，男孩顿了顿补充道，你们知道吗，世界上所有的河流都是同一条河。

啊，那这条河会连着亚马孙河吗？

对呀，还有尼罗河。

连着长江吗？

可是，长江的源头在哪里呢？

长江的源头是当曲河啊。

不对不对，沱沱河才是长江的正源哩。

男孩女孩们争论着，一阵风吹来，将他们的话毕毕剥剥刮落在水面上。父亲坐在船板上，认真听着，他第一次听到这些，仿佛听着祖上的传说一样。他拘谨地坐着，半开半闭的眼睛承受着阳光的猛烈倾泻。他的手不住地颤抖，桨离他很远，他几次按捺住胳膊的下意识抬起——这种感觉使父亲有些不安，也有些难过。他成了被摆渡的人了。

日子向前流淌，从前父亲做标记的绳子飘扬在空中。其实，早在大水之后，河水不断地逃走，现在从北岸到南岸只要划21

次桨就到了。水位一天天矮下去,河流变得孱弱细瘦。父亲坐在石头上,看着远处的河岸——又被野草们统领了,密密层层的巴泥草、蓟草、莎草在午后的烈焰里噼啪作响,高涨的气温催生出许多奇怪的、阔大的锯齿状叶子,它们繁复得不可思议,在河岸上大肆铺展,千百倍地繁孳。

一个黑色的球从远处飘了过来,在一处杂草繁盛的河岸憩下,父亲用桨将它挑起——是一个头盔,前挡塑料已破碎了,留下空洞的眼眶。父亲将头盔顶在桨上,扛回来。第二天,父亲又捡到两个空汽水瓶,它们像两个流离失所的人随波逐流,原本还会继续向下游游去,却被父亲的小船挡住了去路。后来父亲捡到的东西越来越多,有一次竟然看见水面上晃悠着一把椅子,准确地说,是椅子的三分之一,除了椅背和椅面,腿已经没有了,但父亲仍能分辨得出这是一把椅子。波浪推着它向前走,椅子缓慢地翻滚着,有些极不情愿。

漂来的废物越来越多了,带着城里落拓不羁的气息,它们被父亲打捞上来,在河岸上堆成了一座小山。父亲不知道上游发生了什么,仿佛一切事物都要投进河流之中。

在春天的最后一个周末,父亲又一次目睹有人投河。这是个中年妇女,穿着一件厚厚的毛衣,身子有些微胖。她不是附近的人,没人见过她,当然,通天桥上来往的外地人太多了。很显然这是一件蓄谋已久的自杀,女人径直来到通天桥上,停了片刻,仿佛与往昔岁月作最后的道别,然后,笨拙地爬过栏杆,纵身一跃。

令人奇怪的是,她在河里摔了个跟头就站起来了,河流并没有收留她,女人从齐膝的水里爬上来,毫发未损。后来很多人都聚拢在桥面上,意兴阑珊地观看了这一幕,好像观看一出闹剧似的。

是的,这一年的冬天河水已浅得令人羞涩,河床像丑陋的牙花子那样袒露出来,散发着单调又无趣的色泽。但这并没有影响从桥上经过的人,包括我,我们步履不停,向着前方。只有父亲为此悲伤和焦虑,他的小船搁在岸上,与河水遥遥相望,上游除了漂来那些他叫不出名字的东西外,不再有河水奔流而下。

春末的时候,那几个曾在这儿摆渡的男孩女孩们又来了,他们将小船推进水里,向父亲要去了桨,貌似熟练地划起来,但也仅仅是两三分钟,男孩女孩们便尖叫了,这一次不是因为船将翻进水里,而是搁浅了,河床死死地咬住船底。船上的人纷纷跳进浅水里,花了好大力气才将小船从河泥里拔出来。

4

河水愈发单薄,像捉襟见肘的内衣慢慢褪去。我如局外人一样斜睨着这一切,甚至内心无比期待——这一点,我和父亲是相反的,我像要揭开谜底一样盼着河底快点露出来。

父亲是在一个早晨发现通天河溜走了,河水在日出之前消失得无影无踪。

河底的世界一览无遗,旋转木马、火车,以及我的母亲,并没有一一出现。父亲看着我,像是谎言被拆穿了,心虚、无奈、颓丧。

什——么——都——没——有。我一个字一个字地说,每个字都用力地撞击着口腔,显得咬牙切齿。

河底没有火车,河底也没有妈妈,什么都没有。我大声地说着,我感到自己的世界在那个早晨崩塌了,无尽的悲伤向我涌来。

什么也没有看见,我怎么……什么都没有看见,你骗我,你骗我的,你是骗子,你是个骗子。我早就知道了,你是骗子,你没有老婆,没有小孩,你是小偷,你是强盗,是疯子,你就是个骗子……我有些语无伦次,将能想到的词语一股脑儿向他掷去。

父亲垂着手臂,眼睛不敢看我,一遍遍地嗫嚅着,会有水的,会有水的,河水会跑回来的……半晌,他又迟疑着抬了抬手,想在我的脑袋上摸一摸,却被我甩开了。

若干年后,我都难以阐明那个早晨自己的巨大悲伤,是对河水的憎恨,是对河底的失望,还是对自己身世的难过,抑或是对父亲终日守在河边的不满。仿佛地上所有的水都涌向了空中,向我裹挟而来,我拼命地跑,竭尽全力地逃亡。

我的身后有熊熊大火,是枯草被我抱进小船后点燃的,我的耳边除了呼呼的风声,还有木头燃烧的炸裂声,我已经跑了很久了,但声音不绝于耳,火焰的声音急促、焦躁、爆裂,不同于水浪的节奏。

我沿着河底向上游奔去，黑色的河床夺走了我的视力，眼前总是一片茫然。我使劲揉着眼睛，试图看清什么，远处的父亲也变成模糊的一点，准确地说，是变成一只蚂蚁，围着燃烧的小船像热锅上的蚂蚁一样。

火被扑灭后，小船已变得黑黑的了，这些是我后来听说的。黑黑的河床和黑黑的船，倒是相配。

漫长又炽烈的夏日快到来了，河底已经出现龟裂，裂纹像藤蔓恣意地四处逶迤，据说父亲常常站在桥下，仰着头看高高的桥面，很长时间过去了，脖子像被卡住了一样。没有水的河上的桥是多么可笑啊！父亲会自言自语说。有时他又一连几个钟头蹲在河床上，光着脊背，皮肤是河床一样的焦黑色，日光使他无法睁开眼睛，耷拉的眼皮下双眼无神，视线穿过裂缝，试图找到河水逃走的痕迹。他一动不动地，似乎沉浸在某种艰深的疑问之中。那时候，没有人明白父亲这些古怪举止令人难过的根源，也不明白在他内心深处累积的痛苦。炎热到来时，父亲走了，他扛着一支桨沿着河床逆行而上。

一个月后，父亲回来了，他的衣服被荆棘撕破了，腿上也拉出一道深深的口子。父亲顺着河床走了很多天，所有的河床都是那样的焦灼和悲痛，裂缝越来越宽，越来越深，从细细的蚯蚓状到擀面杖一样的宽度，有一处，父亲根本无法行走，因为一不小心双脚就要掉入裂缝中。只有一个地方还能看见一小截河流，浅浅的薄薄的一层，父亲很欣喜，却不知道怎样才能将它们卷起来带回。回来的时候,他的裤脚一直都是卷着的。也许,那些逃走的河水很快就会追上来,痒酥酥地舔着他的脚丫呢。

这一年的冬天,雾特别多,像是地上的水都跑到了半空。清早起来便是这满天满地的稠雾。村庄看不见了,通天桥看不见了,河床看不见了,就连父亲堆在岸上的废物堆也看不见了。中午的时候,还能看见太阳,像一只白色毛线团,无力地支在天上。

父亲的眼里都是雾气。他坐在开裂的河床上,坐在雾里,一坐就是一天,有时把自己都弄丢了。在一个清晨,父亲又一次离开了,准确地说,是划着他的小船离开的。从桥上经过的人正好看到了这一幕,他们说,那天的雾好大好大,通天河里涨满了水,河面无比宽阔,父亲的焦黑的小船漂荡在河面上。也有人说,小船是漂浮在大雾中的,离桥面很近,黑黑的,很刺目。说的人都信誓旦旦,仿佛刚刚亲历了那个早晨。谁知道呢?但有一点可以肯定:父亲把所有的桨都抱上了小船,包括那支桦树做成的桨。因为穿过层层浓雾,人们从重重叠叠的桨堆里看见了桨的眼睛。